Заміж? Ні!

Olena Shevtsova

Published by Olena Shevtsova, 2024.

ЗАМІЖ? НІ!

First edition. August 15, 2024.

ISBN: 979-8227062987

Written by Olena Shevtsova.

Зміст

ГЛАВА 1 1

ГЛАВА 2 13

ГЛАВА 3 24

ГЛАВА 4 35

ГЛАВА 5 46

ГЛАВА 6 58

ГЛАВА 1

Appi відчула, як її свідомість повільно випливає з туману сну, немов обережно оповита вітром. Легкий шум у голові нагадував шелест листя, ледь чутний, але наполегливий і неприємний. У тілі грала незвична ломота, немов м'які хвилі погойдували її в невагомості, в різні боки.

- Демони, як болить голова, - хриплуватим голосом прошепотіла Appi й потягнулася, не розліпивши повік.

Страшенно хотілося пити, пересохле горло викликало легкий дискомфорт. Учора вона перебрала гном'ячого рому, і навіть її сильний орчанський організм не витримав наслідків "свята" - спроби втопити киплячу всередині злість на себе й одного чорного дракона в пристойній дозі міцної випивки.

У голові відразу ж виник образ Дейра аер Чорного - другого куратора групи молодих чорних драконів і за сумісництвом голови служби безпеки клану діамантових.

- Щоб тобі гикалося, ящірка облізла, - тихо й невдоволено прошепотіла Appi, перевертаючись на інший бік.

На свідомість, що прокинулася від сну, наче холодний душ, звалилися спогади минулого дня і не тільки його...

Нестандартне знайомство з Дейром, а потім невдалий спаринг із ним же. Перший раз у житті вона відчула себе беззахисним кошеням, якого занурили в бруд мордочкою... обличчям, причому буквально. Ситуацію погіршувало те, що чоловік їй сподобався, а ще її дивним чином тягнуло до нього, і це сильно дратувало. Причому страшенно дратувало, бо такі тонкі душевні прив'язаності й симпатії нічим хорошим у перспективі не закінчуються. Appi боялася до когось прив'язатися серйозно, а цей дракон... він дивно на неї діяв, її тягнуло до нього, наче магнітом. Та й, узагалі, він здавався ідеальним, саме тому вона вперто шукала в ньому недоліки.

Аррі вже давно відвойовує у батька право на своє "я", на право вибору чоловіка і право жити так, як хочеться їй самій. Ні заміжжя, ні тривалі стосунки в її плани не входять, бо це загрожує неприємностями.

Перший її чоловік - це виклик батькові, другий - упертість і самостановлення, був і третій, і четвертий... Але всіх своїх коханців вона обирала сама, і близькість у них відбувалася через обопільну, сильну симпатію, без далекосяжних планів, просто, щоб дати розрядку тілу.

В академії її вважають хворою на голову та інші частини тіла, слабкою до чоловічої статі, але це не зовсім так. Їй просто потрібна така легенда, щоб вождь "Чорних вепрів", нарешті, махнув рукою на доньку і більше не пробував за її рахунок укласти вигідні політичні союзи. Перший кандидат у чоловіки, вождь сусіднього клану орків. Старий, беззубий, зморщений психопат, який захотів обзавестися третьою дружиною, але, коли дізнався, що товар зіпсований, сам від неї відмовився. Другому нареченому вона вибила зуби, з третім уже навіть не знайомилася, але батько поки ще будував на неї далекосяжні плани.

За п'ять років вільного плавання в неї було лише сім коханців, а все інше - флірт і театр, але... Аррі подорослішала, переглянула багато своїх поглядів на життя, позбулася дурного романтизму, і почала справді простіше ставитися до життя й сексу, не вірила вона більше у "велике й чисте кохання".

Тобто був сьомий коханець, з'явиться і восьмий, і дев'ятий... Якщо між нею і представником сильної статі виникне справжня хімія, вона не відмовить собі у швидкоплинному захопленні. Але й рабом задоволень, Аррі не ставала, не стрибала в кожне ліжко, хоч старанно й підтримувала цю легенду, навіть у близькому колі.

- А все так добре починалося... - простогнала Аррі, потираючи пальцями скроні.

ЗАМІЖ? НІ!

Учора вона якраз морально готувала групу відьмочок і своїх трьох орчаночок до відпрацювання за їхню дурість. Алена сиділа під деревом, не беручи активної участі в цьому заході, ліниво спостерігаючи за ними. Гарний теплий день, гарний настрій, який змінив свій вектор на протилежний у ту секунду, коли з'явилася демонова діамантова ящірка...

Зовсім недавно ці ідіотки - відьми та її орчанки, повелися на дурну провокацію з боку двох малолітніх чорних дракончиків і вступили в прямий конфлікт із представниками лускатих, що закінчився бійкою з членоушкодженнями. І ось у цю бійку довелося спішно втрутитися викладачам.

А точніше кураторам відьом і орчанок, а якщо ще точніше, то безпосередньо їй самій - Арране орг Руру (викладачеві жіночого крила ВХАМу з фізпідготовки та за сумісництвом доньці вождя клану "Чорних вепрів") та Алені Водор-Драгонець (її найкращій подрузі, кураторові експериментальної групи відьом і викладачеві з водного цілительства).

Як підсумок, у дракончиків з'явилися роги, а у викладачів ВХАМа проблеми. Точніше, проблеми намічалися тільки в Алени, але Аррі не змогла залишитися осторонь і втрутилася, виторгувавши участь у доволі дивному покаранні відьом та їхнього куратора, ще й своїм орчанкам, під її пильним наглядом.

- Дві противні чорні ящірки, - прошепотіла Аррі, накривши очі долонею.

Згадався монолог Сейра аер Чорного: "Гадаю, моїм підопічним буде корисно дізнатися основи магії водного цілительства, а відьмам буде корисно здобути досвід у питаннях спілкування з представниками інших рас, а також у питаннях самооборони."

Який же був незабутній вираз на обличчі Алени, коли вона зрозуміла, що курс із цієї самооборони доведеться пройти безпосередньо і їй самій, а потім ще й скласти з нього іспити особисто Сейру.

Тоді Аррі було смішно, а ось коли з'явився Дейр, стало не до сміху...

Судомно зітхнувши, Аррі завмерла. Вона відчула в повітрі летючий аромат, у якому деревні ноти були вишукано переплетені з акордами цитрусів і натяками кориці. Цей дивний, але приємний запах немов розчинявся в повітрі, проникаючи під шкіру і зігріваючи, даруючи невидимий покрив внутрішнього затишку.

Цитрусові ноти надавали навколишньому простору свіжості та яскравості, ніби миттєве пробудження природи після літнього дощу. Деревні акорди занурювали в ласкаві обійми, додаючи легкості й тепла, огортаючи душу в ароматний, теплий, м'який шарф невагомої ніжності. Натяки кориці, як легка музична вібрація, плавно впліталися в атмосферу, створюючи невидиму павутину блаженства.

Немов слідуючи за цим чарівним слідом, Аррі повільно розплющила очі й, затамувавши подих, зустріла погляд темно-бурштинових очей, що виблискували в напівтемряві, наче дві зірки в нічному небі.

- Отже, противні чорні ящірки? - іронічно вимовив Дейр і, простягнувши руку, прибрав з її чола неслухняний каштановий локон волосся, заправивши його їй за вухо.

Орчанка невіряче моргнула і ковтнула слину, що раптом стала в'язкою, потім прокашлялася. Просто перед нею, на сусідній половині ліжка, лежав ніхто інший, як сам Дейр аер Чорний.

"Красивий, зараза..." - промайнуло в її думках. Дракон сперся на лікоть, підперши долонею голову, і задумливо дивився на Аррі. Його атлетична статура притягувала погляд, демонструючи силу і гнучкість під тугою шкірою. Рельєф сталевих м'язів, на яких грали світло й тінь від приглушених магічних світильників, здавався таємницею, що розкривається тільки для тих, хто наважиться на нього поглянути.

На скронях у дракона блищали чорні лусочки, немов алмазні грані, нагадуючи про його драконячу сутність. Довге волосся Дейра недбалою хвилею розметалося по широких плечах. Серед чорної копиці густого волосся можна було помітити темно-сині пасма.

Два бурштинових ока з витягнутою зіницею завершували образ дракона, фіксуючи погляд на Appi, немов намагаючись проникнути в її сутність. На чоловікові з одягу були тільки широкі чорні штани, що підкреслювали його струнку фігуру і явний інтерес до дівчини. Опуклість у районі паху справляла враження.

Аррі знову нервово видихнула, відчувши, як втрачає самовладання під поглядом Дейра, і помотала головою, намагаючись прогнати нав'язливу ману, яка, немов магічна хвиля, огортала її свідомість.

- Що за... - прошепотіла орчанка і швидко озирнулася на всі боки. Кімната була освітлена приглушеним світлом магічних світильників, розташованих на стінах фіолетового кольору. З напіввідчиненого вікна проникало прохолодне повітря, наповнюючи простір пахощами нічних трав і далекими шерехами нічної природи.

У дальньому кутку стояли глибоке коричневе крісло і журнальний столик, а на підлозі лежав чорний килим із високим ворсом.

Це точно не аудиторія водного цілительства! Аррі ясно пам'ятала, що вона не покидала кабінету Алени. Подруга поклала її спати на канапку в суміжній кімнаті для практичних занять.

- Та що за... - шиплячи, промовила Аррі, розвертаючись до Дейра. Піймавши його блукаючий, жадібний погляд, вона одразу відчула, як тілом пробігла хвиля жару й жадання.

Дракон хотів її й не особливо приховував це. Аррі хмикнула, задоволено потягнулася і, нарешті, звернула увагу на свій зовнішній вигляд.

Каштанове волосся було розпатлане, на шкірі з легким зеленуватим відтінком танцювали тіні та світло. Тонка шовкова сорочка була зім'ята і розстебнута до середини, відкриваючи спокусливий вигляд опуклостей її красивих і пружних грудей чималого розміру. Тим паче що спідньої білизни вона не носила. Темно-сині бриджі щільно облягали її довгі стрункі ноги, благо взуття не було. А то був би номер - у берцах та на чужому ліжку...

- Демони... - розсміялася Аррі. Її злість вщухла, поступившись місцем нерозумінню і легкому азарту. Гном'ячий ром ще неабияк гуляв у крові, навіюючи відверті дурниці. Вона повільно перевела погляд на дракона. - А я не вірила Алені щодо дивних переміщень у просторі під час сну. Ну і як я потрапила сюди, ящірка? Твоїх загребущих рук справа?

Очі Дейра ще сильніше потемніли, і він усміхнувся. Аррі обдало потоком його потужної енергії та диким, первородним бажанням такої сили, що її накрило з головою. Груди вмить налилися, а соски стиснулися в щільні горошинки, що було добре помітно через тонку напівпрозору тканину сорочки. Погляд чоловіка плавно перемістився до стирчачих сосків, і з його грудей вирвалося тихе, владне і водночас задоволене гарчання. Це викликало в Аррі нову хвилю жару і збудження, вона повільно стікала в район живота й осідала десь унизу, закручуючись у щільну енергетичну пружину бажання, яке розтікалося солодким томлінням. З грудей дівчини вирвався тихий стогін, напруга в тілі наростала і вимагала розрядки. Розум затуманився, чудовий аромат п'янив не гірше за ром, подушечки пальців поколювало, а погляд бурштинових очей затягував усе глибше в безодню. Зараз вона хотіла Дейра не менше, ніж він її. Він сподобався їй з їхньої першої зустрічі, але... десь глибоко всередині Аррі знала або точніше відчувала, що саме до цього чоловіка вона може по-справжньому прив'язатися. Такі стосунки її лякали; не було бажання залежати від когось. Але зараз усе летіло в безодню... надто сильна хімія, надто сильне бажання, якому складно чинити опір, та й чи потрібно?

Просто чисте божевілля...

ЗАМІЖ? НІ!

Дракону подобалася реакція Аррі: її порив у відповідь і відверте бажання були йому приємні. Це був чистий, без підтексту потяг. Зараз орчанка не ховалася за маскою зарозумілості й байдужості. Її міміка, її очі - все було легко читаємо. На енергетичному рівні дівчина відгукнулася на його поклик і тяжіння, хоча сама цього ще не усвідомлювала.

Дейр відчував, як їхні енергії переплітаються, створюючи унікальне поєднання сили та магії.

- А це має значення тепер? - хриплувато вимовив Дейр. Крила його ніздрів злегка тремтіли, і він глибоко втягнув носом її запах, повний бажання.

Від цього стало ще спекотніше й незатишніше. Тонка тканина одягу почала тертися і дряпати збуджене тіло, створюючи дискомфорт.

Якби Аррі була молодшою і менш досвідченою, вона б давно втекла звідси або принаймні спробувала б це зробити. Дракон був хижаком, і від нього так просто не сховатися. А зараз... Зараз Аррі сама включилася в цю чуттєву, дорослу гру. Кров закипала, у ній почав гуляти чистий адреналін разом зі збудженням, зіниці розширилися, а серце забилося швидше. Захотілося до тремтіння в пальцях доторкнутися до чоловічих грудей, провести по рельєфу сталевих м'язів, скуштувати його шкіру на смак, випробувати солодкість поцілунку й відкинути всі умовності та страхи, віддаючись порочним бажанням.

Чого саме вона боїться, Аррі подумає завтра. А зараз їй хочеться згоріти в цій дикій пристрасті, у вогні його любові й бажання - такому чистому й відвертому, без фальші й зайвого лиску.

Так, як на неї зараз дивиться Дейр, на Аррі ще ніхто не дивився. Немов вона - центр його світу, ковток свіжого повітря, перлина його душі, без якої він просто не зможе існувати. Це відверто розпалювало вогонь у її крові, змушуючи її жадати цього чоловіка не менше, а, можливо, навіть більше, ніж він її.

Дракон не вловив усіх змін у настрої орчанки та побоювався, що спроба втечі все ж може відбутися. Тому він плавно, як справжній хижак, перемістився вперед, підгріб дівчину під себе і навис зверху, вдивляючись у її темно-жовті очі.

- Солодка, - прошепотів Дейр. - Тепер не втечеш... Не відпущу більше!

Чоловік нахилився нижче, щоб доторкнутися губами до її губ, зім'яти їх і відчути солодкість її шовку. Він прагнув не тільки отримати насолоду, а й, можливо, підпорядкувати її, витіснивши з її свідомості бажання перечити.

Аррі відчувала його наміри кожною клітинкою свого тіла. Енергетика вирувала, викликаючи шторм емоцій. Груди нили, внизу живота все болісно стиснулося, а міць бажання Дейра так відверто впиралася в її промежину, примушуючи інстинктивно розсунути ноги й обхопити колінами стегна чоловіка.

Навіть тканина одягу не могла загасити яскраві, дикі й гострі відчуття захвату. Жодного чоловіка вона не хотіла так сильно, несамовито й без залишку, як цього дракона. Цей танець кохання обіцяв бути особливо яскравим і неповторним...

- Хм... - прошепотіла Аррі. Її очі блиснули в напівтемряві, і вона плавно вивернулася з-під дракона, перекинула його на прохолодне атласне простирадло і сама нависла зверху. Перехопивши його руки та переплівши свої пальці з його пальцями, вона притиснула їх до подушки. Дейр усміхнувся, але віддав ініціативу дівчині. Це тільки більше його розпалило, хоча він і стримував себе.

Аррі знову охопило збудження, і, інстинктивно потершись промежиною об пах дракона, вона знову відчула, як одяг починає заважати. З грудей вирвався тихий стогін розчарування. Розумні думки розчинилися, і дівчина, нахилившись, впилася в омріяні губи чоловіка, мнучи їх і смакуючи в довгому, глибокому й пристрасному поцілунку. Це було настільки потужно, що їх обох захлеснуло хвилею всепоглинаючої пристрасті, змусивши втратити зв'язок із реальністю.

Довго домінувати їй не дали. Дейр вивільнив свої руки й, гарчачи, розірвав її сорочку. Пролунав жалібний тріск тканини, і деталь одягу, що заважала, відлетіла вбік. Гарячі чоловічі долоні, нарешті, накрили груди Аррі, даруючи їй насолоду і трохи вгамовуючи пульсуючу напругу в тілі. Вона застогнала і вигнулася, бажаючи щільніше притиснутися ніжною шкірою до його шорстких пальців. Гостра хвиля задоволення знову захопила її, особливо коли подушечки його пальців пробіглися навколо набряклих сосків, погладжуючи чутливу шкіру. Ніжно й акуратно він почав гратися з цими горошинками, де, здавалося, зібралися всі її нервові закінчення, посилюючи її насолоду до межі.

- Дейр... - видихнула Аррі, відчуваючи, як її тіло охоплює гостра хвиля насолоди, що занурює її в солодку млість.

Дракон різким рухом перекинув її на прохолодне простирадло і стрімко стягнув з неї бриджі, одночасно позбуваючись і своїх штанів. Потім він влаштувався між її ніг, змушуючи Аррі розсунути їх ширше. Напружена чоловіча плоть знову вперлася в її промежину, ковзнула вологими пелюстками, що тремтять, викликаючи тремтіння та утруднюючи дихання від передчуття. Низ живота стиснувся від гострого бажання, і Аррі застогнала, обвивши шию дракона руками. Тепло його шкіри та п'янкий аромат пробуджували в ній найглибинніші, найтемніші бажання, змушуючи її горіти й плавитися в його обіймах. Вона подалася вперед, піднявши стегна, бажаючи знову відчути його збудження, отримати найсолодшу ласку... Їй хотілося відчути його в собі... повністю... до самої глибини. Тілом пробігла солодка судома, і їхні губи сплелися в пристрасному поцілунку. Вони обоє мліли від насолоди та збудження. Руки Дейра досліджували її тіло, знаходячи найчутливіші зони, змушуючи Арі звиватися під ним і стогнати. Його губи дарували неймовірну насолоду, занурюючи її в глибоку знемогу. Це було справжньою магією, чарами, призначеними тільки для них двох...

- Дейр... - вирвалося з грудей Аррі, коли він провокаційно потерся своєю плоттю об її лоно.

Чоловік не поспішав. Аррі майже захрипла, хитнувши стегнами назустріч його єству. Дракон хмикнув, його рука ковзнула вниз, розкриваючи оксамитові пелюстки її лона й погладжуючи їх. Легкі кругові рухи його пальців проникали всередину, а подушечка великого пальця ніжно ковзнула по клітору.

- Дейр, Дейр... Я більше не можу! - видихнула вона, тіло горіло від нетерпіння і пристрасті.

Аррі вигнулася, і губи чоловіка одразу ж накрили її груди, його язик запорхав, даруючи гострі хвилі насолоди. Дракон продовжував грати великим пальцем з її клітором, тоді як інший його палець проникав у її лоно, готуючи його до основного проникнення. Стегна Аррі ритмічно піднімалися вгору назустріч його руці, а дихання ставало дедалі більш рваним і переривчастим. Напруга всередині наростала з кожною хвилею насолоди, прагнучи вибухнути надновою. Але цього було недостатньо. Їй хотілося більшого, хотілося відчути Дейра в собі повністю і без залишку. Вона жадала розрядки, але він розтягував задоволення, перетворюючи цю гру на солодку муку.

Аррі знову спритно змінила розташування їхніх тіл, опинившись зверху дракона. Пружні груди хитнулися перед очима чоловіка, у каштановому волоссі дівчини заграли відблиски магічних світильників, а її очі гарячково блиснули. Тепер уже вона потерлася об його збуджену, гладку, атласну плоть, не поспішаючи переходити до головного, ніби смакуючи момент... Аррі вже вся текла і нудилася від бажання, але божевільний блиск в очах чоловіка, його бажання, його енергія... Усе це гіпнозувало її, хотілося насолодитися ним сповна, перш ніж розчинитися в чистій енергії пристрасті, остаточно втрачаючи нитку з реальністю.

ЗАМІЖ? НІ!

Дейр, зчепивши зуби, стогнав від насолоди й подався стегнами вперед; Аррі була для нього надто солодкою і бажаною. Ця дівчина, її шкіра як оксамит..., вона вабила, затягувала в безодню, її аромат паморочив, заворожуючи та занурюючи в безпам'ятство. Бажання володіти нею було настільки гострим і сильним, що вибивало залишки розуму з голови, перетворюючи кожну мить на вогняне пристрасне займання.

Аррі не стала мучити ні себе, ні дракона. Вона граціозно підвелася і, без зволікань, насадила себе на його тверду, збуджену плоть до самої основи. Завмерла на мить, звикаючи до його розмірів і насолоджуючись моментом, а потім почала плавно рухатися, задаючи ритм і даючи змогу хвилям пристрасті, як рідкий вогонь, текти по їхніх жилах. Кожен її рух був пронизаний пристрастю, пробуджуючи в обох полум'я невгамовного жадання.

Рикнувши від задоволення, Дейр міцно обхопив її стегна своїми долонями та почав рухатися в унісон з її ритмом. Солодкі й ритмічні рухи, які приносили насолоду обом, закружляли їх у вирі несамовитої пристрасті. Думки розчинилися, залишивши тільки полум'я в крові, яке з'єднувало їх як фізично, так і емоційно. Їхні тіла злилися в стародавньому, первісному танці кохання; губи злилися в поцілунку, приглушуючи тихі стогони насолоди, яка плавно підходила до кульмінації. Енергетичні потоки об'єдналися в єдиний потік, посилюючи кожну мить насолоди й роблячи кожен дотик яскравішим.

У повітрі закрутилися світлові вихори. Промені драконячої енергії, що виблискували як вогняні змії, сплітались з магічною аурою Аррі, створюючи сліпучий світний ореол навколо їхніх тіл. Енергія переливалася всіма кольорами веселки - від яскравого помаранчево-золотавого блиску до м'якого фіолетового сяйва, фонтануючи й танцюючи в повітрі, додаючи ще більше магії та пристрасті в їхній танець...

Ще сильніше, різкіше, до межі та гостріше, ще яскравіше - все це невблаганно підводило їх до кульмінації моменту і розрядки. Кожен рух ставав усе більш насиченим і палким, посилюючи пристрасть до межі. Вони, немов охоплені вогнем, прагнули до вершини екстазу, де кожен момент, кожна хвиля задоволення наближала їх до невідомої висоти, обіцяючи вибух повної розрядки й абсолютного блаженства.

Appi скрикнула від гострого піку насолоди, її тіло тремтіло в екстазі, вигинаючись дугою і відкидаючись назад. Вона стискала стегна дракона своїми ногами, відчуваючи, як низ живота солодко пульсує, щільно охоплюючи його плоть і викликаючи хворобливу солодкість, роблячи момент ще яскравішим. Дейр, не витримавши цього напруження, зірвався слідом за нею, виливаючись жаром у її лоно, розчиняючись у цьому непередаваному моменті.

Коли орчанка без сил впала на його груди, не роз'єднуючи їхніх тіл, і безтурботно потерлася підборіддям об сталеві м'язи дракона, вона відчула, як його плоть знову починає наливатися просто всередині її лона. Appi підвелася і затуманеним, задоволеним поглядом подивилася на Дейра. Дракон ніжно змінив їхню позу, вдавлюючи її в ліжко, і впився в її губи глибоким поцілунком, зробивши різкий і потужний поштовх, потім ще один... Нова хвиля збудження вмить розлилася її тілом, огортаючи її ще яскравішою насолодою.

Засинала Appi, як задоволена і сита кішка, на плечі у Дейра, поклавши свою долоню на його груди та слухаючи тихе, мірне биття його серця, яке її заколисувало.

ГЛАВА 2

Аррі дрімала, і виринати з цієї легкої та приємної дрімоти не хотілося. Уперше в житті вона почувалася абсолютно безтурботно: абсолютно нічого не хвилювало, а навпаки, все вкрай влаштовувало, здавалося природним і правильним. У душі настав довгоочікуваний спокій і умиротворення. Хотілося ось так просто лежати, розслабивши кожен м'яз у тілі, і нікуди не поспішати. Дати собі, нарешті, можливість виспатися, але хто б її питав...

Легкі пориви прохолодного вітру пестять оголену шкіру, ніби запрошуючи прокинутися від довгого сну. Чужий подих тонко змішується з ароматом ранкової свіжості, лоскоче і розбурхує все всередині, змушуючи вигнутися і щільніше пригорнутися до твердого чоловічого тіла. Теплі, шорсткі губи тут же торкаються її шиї, прокладаючи чуттєві, невагомі, вологі доріжки з поцілунків до плеча, а потім повільно повертаються назад до вуха.

Дейр ніжно прикусив мочку вуха Аррі й потерся носом об її скроню, утробно й задоволено заричавши. І було в цьому рику щось настільки давнє і владне, що вмить розігнало по її тілу хвилю занепокоєних мурашок, а сама дівчина намагалася вперто ігнорувати занепокоєння, яке зчинилося в її голові.

- Аррі, - прошепотів чорний дракон, укладаючи орчанку в теплий кокон своїх рук. - Солодка дівчинка і вся моя.

Після такої сміливої заяви виникло швидкоплинне бажання дати нахабі по руках і позначити межі дозволеного. Тобто чия вона, Аррі вирішуватиме сама, і жодна шкідлива ящірка не заявлятиме на неї свої права, тим паче безпідставно. Однак вередувати та перечити драконові саме зараз хотілося мляво. Ось чому бажання виникло і тут же згасло, поступившись місцем природній ліні й млості, з якої виринати в холодну і жорстоку реальність, як і раніше, не хотілося. Занадто добре минула їхня ніч кохання, занадто солодко і неповторно. М'язи досі приємно ломило, але ж у неї треноване тіло... здається, вона навіть примудрилася зірвати голос від стогонів...

Дейр, немов відчувши легку зміну її настрою, хмикнув. Потім обвів подушечкою пальця її лопатку, вимальовуючи там кумедні візерунки.

- Дейр... - дещо невдоволено промовила Аррі, соваючись на ліжку, щоб припинити це неподобство й отримати, нарешті, трохи свободи. Але натомість опинилася ще щільніше притиснутою до грудей чоловіка, а його повстала плоть почала нахабно протискуватися між її ніг, торкаючись лона. Це хвилювало...

- М-м..., який цікавий ранок, - тихо прошепотіла Аррі, потягнувшись і відкинувши голову на плече Дейра. Вона підняла одну ногу, даючи змогу твердій, збудженій плоті дракона ковзнути по складочках її лона, які почали вологішати. Ніжний і відвертий дотик розлився по тілу хвилею бажання. З горла Аррі вирвався задоволений передчуттєвий стогін, а коли чоловіча рука накрила її груди й ніжно стиснула, почавши гратися з соском, вона затремтіла й часто задихала, нетерпляче соваючи стегнами.

- Ти що твориш, ящір чорний?

- А тобі незрозуміло, радість моя ікластенька? - усміхнувся Дейр, знову прикусивши на мить мочку її вуха.

- Дай поспати, драконе безсовісний, ти ж усю ніч із мене не злазив! - хмикнула орчанка, хоч насправді їй уже не так сильно хотілося спати, а ось одного конкретного дракона з кожною секундою хотілося все сильніше.

- Хто вночі частіше був зверху - це спірне питання, - хриплуватим від бажання голосом вимовив Дейр. - Мабуть, тепер моя черга трохи подомінувати, а ти розслабся й отримуй задоволення.

Його затверділа плоть знову ковзнула по складочках, зачіпаючи клітор, і Аррі сипло видихнула, стискаючи пальцями простирадло. Збудження дракона передалося і їй, вона буквально мліла в його руках, плавилася від його шепоту і розгоралася, як полум'я від поцілунків. З жодним чоловіком їй не було так добре, як із ним. Він немов був створений для неї, ідеально підходив, розумів з півслова, погляду… знаходив найчутливіші місця на її тілі, відчував її бажання, а вона тонула в його темно-бурштиновому погляді, грілася в його енергії та божеволіла від дикого блиску бажання в його очах. З цим чоловіком Аррі дозволила собі повністю відпустити самоконтроль; вона вигиналася і стогнала, а ще вперше в житті бажала зробити чоловікові не менш приємно, ніж він їй. Але зараз дракон грав у свою чуттєву гру, не даючи їй схаменутися.

- Дейр, - простогнала Аррі, коли він легенько прикусив шкіру на її шиї. Начебто безневинне дійство, але настільки інтимне і… вищий ступінь довіри. Тіло нило й вимагало дедалі більше ласки: груди налилися, соски стиснулися й потемніли, а внизу живота розлилося томління.

Дракон підвівся і змусив Аррі змінити позу, встати на коліна, упершись руками в подушку, а потім одним потужним поштовхом взяв її ззаду, на мить завмерши, даючи можливість звикнути до його тіла. Низ живота орчанки приємно запульсував, вона прогнулася в спині й видихнула, прикривши очі. Так жарко і щільно…

Дейр почав рухатися спочатку дуже повільно і ніжно, поступово прискорюючи темп. Аррі несвідомо підлаштовувалася під його ритм, вигиналася і стогнала, бажаючи прийняти його в себе ще глибше… сьогодні її влаштовувала роль веденої. Секс із драконом був неймовірним: він відчував її, змінював кут проникнення, то брав жорсткіше, то повільно й млосно, змушуючи дівчину тремтіти й зриватися на крик, шепотіти його ім'я і просити… Солодко, пристрасно, неймовірно чуттєво. Тіло горіло і вимагало розрядки, обіцяючи найяскравіші зірки.

Поштовх, ще один… Аррі застогнала і знову прогнулася в спині, відкидаючи голову назад. Дракон рухався як заведений, його хрипке дихання розбурхувало кров. Коли чоловік нахилився і став покривати її спину поцілунками, водночас не покидаючи її лона і продовжуючи ритмічно рухатися в ньому, Аррі затремтіла. М'язи живота стиснулися, немов намагаючись узяти в солодкий полон чоловіче єство Дейра, не бажаючи відпускати його на свободу.

Дракон випростався, закинув голову до стелі, обхопив широкими долонями її за стегна і на мить завмер, повністю зануривши набряклий член у її лоно. З його грудей вирвався глухий, утробний стогін. Враження були настільки яскравими, що він ледве стримував себе, щоб не зірватися і не кінчити. Хотілося продовжити мить задоволення.

Аррі нетерпляче штовхнулася назад, її трясло.

- Не поспішай, солоденька, дай насолодитися тобою повною мірою... Ти така тепла, вузька і ніжна... - прошепотів дракон, знову штовхнувшись і, здається, ще глибше проникнувши в неї. Він нахилився трохи вперед, покриваючи поцілунками плече і лопатку дівчини. Дейр посував стегнами, змусивши її затремтіти від хвилюючого відчуття.

Долоня Дейра ковзнула по ребрах Аррі, досліджуючи їхні плавні вигини, а потім, із ніжністю й теплотою, накрила її груди, що ниють, ледве торкаючись, немов боячись порушити їхню тендітну чутливість.

- Дейр... я більше не можу... - прошепотіла Аррі, відчуваючи, як усе всередині неї розжарюється та ось-ось вибухне, вивільняючи на волю оскаженілу енергію.

- Моя каяра... - прошепотів дракон, продовжуючи обсипати її плечі поцілунками. Його рука повільно ковзнула вниз, і подушечки пальців накрили чутливий горбок клітора.

Різкі, ритмічні рухи всередині її лона і чарівні пальці, що ковзають по клітору, злилися в єдине диво.

Аррі зірвалася, стогнала, вигукувала ім'я дракона і звивалася під ним, наче змія, а Дейр продовжував рухатися все швидше, наближаючи їх до кульмінації та зірок. Їхнє дихання збилося в єдиному пориві, тіла з'єднувалися й рухалися в одному ритмі, а потім вони затремтіли, всередині розлилася неймовірна насолода. Погляд помутнів, відпускаючи свідомість на волю...

- Каяра... - прошепотів Дейр, його охопила гостра насолода майже одночасно з Аррі. Плоть запульсувала, не покидаючи лона дівчини, а з грудей дракона вирвалося переможне гарчання. Яскравий спалах насолоди хвилями розливався по його тілу солодкою знемогою.

Аррі прийшла до тями не відразу. Вона лежала, поклавши голову на плече Дейра і закинувши ногу на його стегна. Свідомість мляво поверталася до своєї господині. Її погляд зустрівся з блиском сонячного світла, що проникало в спальню через відчинене вікно. У цей момент вона відчула, як перші промені ранкового сонця тепло обіймали її обличчя, пестячи та наповнюючи кімнату світлом і теплом. Спів птахів створював приємний фон звуків природи на задвірках свідомості.

Рухатися не хотілося, думати теж... Дейр поклав широку долоню на її талію і почав ніжно погладжувати її.

- Ти неймовірний, - безглуздо посміхаючись, як у дитинстві, прошепотіла Аррі, погладивши пальчиками потужні груди коханця.

Промовила все це без задньої думки, а дракон задоволено хмикнув.

- Знаю, - прошепотів він, але прозвучало це надто самовпевнено, що миттєво різало слух і змусило Аррі напружитися. Момент чарівності та казки було зруйновано.

Вона завмерла і невдоволено поморщилася, а потім, зітхнувши, почала підійматися з ліжка, розуміючи, що в гостях вона засиділася занадто довго.

Погляд пробіг спальнею в пошуку одягу. Її бриджі валялися десь під високим столом, власне, там же лежали й штани дракона. А ось із сорочкою справи йшли погано...

Пам'ять послужливо нагадала Аррі, як учора вночі Дейр у пориві пристрасті просто зірвав сорочку з її тіла, не особливо шкодуючи тонку тканину. Ось зараз її колись улюблена чорна сорочка більше нагадувала ганчірочку, розірвану на окремі клаптики.

- Твою ж наліво! - розчаровано вимовила Аррі та спокійно перелізла через Дейра, зіскакуючи босими ногами на підлогу. - Невже не можна було просто зняти? Розривати навіщо?

- Ти куди зібралася, радість моя? - підняв одну брову дракон і теж сів, склавши руки на широких, м'язистих грудях.

- Як то кажуть, час і честь знати, - хмикнула Аррі, пірнувши під стіл і хапаючи недбало розкидані там речі. Почула здавлене гарчання і хмикнула, усвідомивши, що зараз світить голим задом перед драконом. Швидко вилізла назад. Чорні штани Дейра вона кинула просто в нього. Дракон перехопив їх у польоті й поклав поруч із собою, не поспішаючи одягати. Аррі ж стала поспішно натягувати на себе бриджі, потім зловила на собі задумливий погляд Дейра і підкотила очі до стелі.

- Що? - іронічно хмикнула орчанка.

- Не думав, що одягатися можна не менш спокусливо, ніж роздягатися, - задоволено хмикнув Дейр, плавно ковзаючи поглядом по її струнких ногах вгору.

Він зупинив погляд у районі її грудей. Соски дівчини від такої пильної уваги одразу ж напружилися й потемніли. Аррі скривилася і поспішно прикрила долонями груди. Не через зайву сором'язливість, а скоріше з принципу. Та й ось така реакція чоловіка на її тіло лестила і розпалювала, а це було не на часі.

- Так спокусливо, що хочеться роздягнути назад, - спокійно вимовив дракон, перевівши погляд на її очі. - І куди ти так поспішаєш, радість моя?

- Нагадай мені, будь ласка, в який саме момент я стала зобов'язаною звітувати перед тобою? - іронічно піднявши брову, промовила Аррі.

- Може, в той, коли опинилася в моєму ліжку? - хмикнув Дейр.

ЗАМІЖ? НІ!

- Не аргумент, - розсміялася Аррі, помітивши на спинці стільця сорочку дракона, яка мирно висіла. Вона спокійно підхопила її та стала натягувати на себе. Потім кинула погляд на дракона, який почав насуплюватися, і хитнула головою, закочуючи рукава, щоб не звисали до колін. - Дейр, ти запаморочливий, пристрасний і навіть неймовірний, але... якби я звітувала всім, із ким спала...

- Аррі... - дуже тихо, але з ревучими нотками в голосі вимовив дракон, примружившись.

- Я сподіваюся, ти розумієш, у яке саме місце варто тобі засунути твої патріархальні замашки? - Аррі знову хмикнула, трохи жадібним поглядом пробігла по тілу чоловіка, а потім, подивившись у його очі, посміхнулася і промовила. - Срам прикрий, солодкого сьогодні більше не буде.

Орчанка, перехопивши поли сорочки, зав'язала їх у вузол на животі, спокусливо оголюючи його при цьому, а потім розправила виріз сорочки на грудях, роблячи доволі відкрите й провокаційне імпровізоване декольте. Дейр гаркнув, потім одним ривком натягнув на себе штани й піднявся на ноги.

- Ти в такому вигляді нікуди не підеш!

- Хто сказав?! - обурено вимовила Аррі, уперши руки в боки та спокусливо випнувши груди вперед. - Дейр, одна проведена з тобою ніч ще не дає тобі права...

- Маленька, дурнувата дівчинка, - прошипів дракон, плавно переміщаючись прямо до орчанки. Чоловік навис над нею, змушуючи її задерти голову вгору, щоб обурено подивитися в його очі. - За цією ніччю буде і друга, і третя, і всі наступні ночі, і не тільки ночі! - хмикнув Дейр, його очі злісно і попереджувально блиснули. Це викликало ще одну хвилю чистого обурення Аррі, а такі заяви розбудили в ній природну впертість і сперечання. - Крім мене в тебе більше не буде інших хлопчиків. Усе, набігалася! Зарубай це собі на носі та змирися!

- Та я краще тобі хвіст відірву! - прошипіла Аррі, тицьнувши вказівним пальцем у груди Дейра.

- Не варто, - розсміявся Дейр, плавно відвівши її руку вбік. - Повір, він нам ще знадобиться...

- Збоченець! - Аррі мало не подавилася від обурення.

- Аррі... - Дейр простягнув до неї руку, бажаючи доторкнутися до її щоки, але...

Аррі, ведена обуренням, миттєво зреагувала на рухи Дейра, провівши швидкий ухил убік і слідом виконуючи серію ударів по корпусу дракона, використовуючи свою спритність.

Дейр зашипів, потім ухилився від нової серії ударів і почав ставити захисні блоки. Їхня сутичка плавно перейшла в ближній рукопашний бій. Аррі використовувала техніку орчанського рукопашного бою - силові прийоми та маневри, спрямовані на дестабілізацію противника. Однак Дейр не збирався поступатися і відповів серією ударів абсолютно незрозумілої для Аррі техніки, впроваджуючи елементи гострих ударів і блискучих контрударів, водночас зважаючи на свою міць, щоб серйозно не нашкодити дівчині.

Вони кружляли один навпроти одного, намагаючись визначити слабкі місця противника. Випади й удари дракона ставали дедалі швидшими й ефективнішими, і він почав поступово контролювати поле бою. Аррі чинила опір як могла, використовуючи свою спритність, ухилялася від прямих ударів, але тиск з боку Дейра робив її захист дедалі складнішим, і це вимотувало її...

Якоїсь миті Аррі опинилася притиснутою до холодної стіни з задертими вгору руками. Дейр однією рукою зафіксував її зап'ястя, а сам навис зверху, буквально вдавлюючи своє тіло в неї.

- Дракон... - незадоволено прошипіла Аррі та смикнулася, але, природно, ніхто не збирався відпускати її на свободу.

- Хочеш почуватися переможницею, прошу до мого ліжка, там я тобі поступлюся, - хмикнув Дейр. - У реальній сутичці ні, та й це...

- він красномовно обвів поглядом той хаос у спальні, який з'явився після їхньої бійки. - Не можна прирівняти до реального бою! Якби ти опинилася в реальній битві за участю дорослих драконів... якби й вижила, то залишилася б калікою.

- Може, я твій хвіст шкодую? - нервово видихнула Аррі, їй не подобалося почуватися слабкою. - Та й дракон, від дракона різниться!

- Вірно, - Дейр кивнув, погоджуючись із нею, - різниться, але, якщо нарвешся на дорослого, досвідченого, вищого дракона, не виживеш! Скільки тобі? Двадцять п'ять? Тридцять? За нашими мірками, ти ще зовсім пташеня!

- Уночі ти так не вважав... - практично виплюнула Аррі й смикнулася, але її знову притиснули до стіни.

- Але ти все ж таки не дракон, і в тебе там, - Дейр красномовно подивився на спокусливі жіночі півкулі грудей, що визирають з-під вирізу сорочки. - Усе дуже добре сформовано і спокусливо! - Чоловік перевів погляд на потемнілі від злості очі Аррі.

- Я тобі зуби виб'ю, - дуже тихо, але впевнено вимовила орчанка.

- Не зможеш, - хмикнув Дейр. - Якби на моєму місці був звичайний маг, орк чи гном... можливо. Аррі, ти добре б'єшся, але тобі бракує практики та терпіння.

- Я тренувалася нарівні з чоловічим крилом академії! Я викладач врешті-решт! - прошипіла орчанка.

- Твої рухи надто імпульсивні, а в бою має діяти насамперед холодний розум. Там немає часу на емоції та роздуми! І повір... - він тихо засміявся. - Твоя порада відьмочкам бити по центру прийняття рішень не завжди практична. Так, у повсякденному житті... у барі, проти ідіота напідпитку... Давай заспокоймося і поговоримо спокійно? Не вдавай із себе супержінку. Ти прекрасний викладач для жіночого крила і сама дуже перспективний боєць, але... Я...

- Навчи, - на одному диханні вимовила Аррі, нервово кусаючи губи та перебиваючи дракона.

- Ти зараз серйозно? - піднявши одну брову, запитав Дейр.

- Але тільки навчи, а не використовуй мене як манекен для демонстрації спритності та сили, вмочуючи обличчям у будь-яку маломальськи підходящу калюжу! - трохи обурено промовила Аррі.

- Так ти образилася, - брови дракона поповзли вгору, немов до нього тільки зараз дійшли прості істини. - Чесно, я тоді не спеціально, так вийшло випадково. Я ж і сам потім у ній скупався, до того ж із твоєю допомогою!

- Мало викупався! - зло видихнула Аррі, а потім примружилася. - Навчиш?

- Тільки через ліжко, - розсміявся Дейр і похитав головою, розуміючи, що зараз про що-небудь інше говорити з цією неймовірною жінкою безглуздо.

Ну от як їй пояснити, що вона його справжня пара? Тому й опинилася вночі в його ліжку. Аж надто емоційне в них вийшло знайомство, так і іскрило... енергія божеволіла, тягнулася одна до одної, бажаючи змішатися. Ось їх обох і накрило, первинно притягнувши одне до одного. Коли він прокинувся і виявив у своєму ліжку свою денну ману... а тепер процес прив'язки запущено, назад дороги просто немає. Та й не погодився б Дейр усе відмотати назад - тільки ідіот відмовився б від своєї істинної пари.

- Що? - не вірячи власним вухам, вимовила Аррі й моргнула.

- Хочеш особистого тренера, ласкаво просимо до мого ліжка, - Дейр розтягнув губи в переможній усмішці. - І поки ти будеш зі мною, жодних інших чоловіків. У мене немає часу бігати за тобою, як хлопчисько, і ламати всім ласим на твоє тіло кістки. Вірність понад усе!

- Вірність? - обурено промовила Аррі. - А сам...

- Обопільна, - Дейр хитнув головою і зараз говорив цілком серйозно. Та й навіщо йому тепер інша? Але просвіщати свою пару про такі подробиці вирішив не поспішати. - Погоджуйся, а то ж я можу і передумати.

ЗАМІЖ? НІ!

- Знаєш що... - злісно вимовила орчанка. - Адже я зараз погоджуся, а потім буду мило просто спати, сопучи в твоєму ліжечку!

- Аррі... - приреченим голосом вимовив Дейр. - Ліжко дорівнює секс. Хоча секс у нас із тобою буде не тільки в ліжку! - і сказано це було дуже багатозначно.

- Ні, Дейре! - Аррі обурено хитнула головою. - Тренування дорівнює секс, а то ти занадто розкачав губу!

- Потім не проси дати тобі вихідний, - хмикнув Дейр. - Йде, але вірність не обговорюється!

- Та ти...

- Не знаходиш, що настав час розплатитися за перший урок?

Промовивши це, дракон випустив її руки з полону і впився губами в її губи, мнучи їх у пориві нестримної пристрасті. Тіло Аррі відповіло на цей жар бажання, як зрадницький союзник: орчанка обвила шию дракона своїми руками, притягуючи його ще ближче, а її ноги обхопили його стегна. Їхні тіла зливалися в одному шаленому танці, де кожен подих і дотик ставали дедалі пристраснішими й невгамовнішими.

ГЛАВА 3

- Карах... Треба ж було так вляпатися! - невдоволено пробурчала Аррі, згадуючи свої недавні пригоди з Дейром. - Чому в мене мізки поруч із діамантовим геть відключаються? Поводжуся справді як драконяче жовтороте пташеня, у якого силищи багато, мізків нуль і енергетика штормить. Навіть розумію, чому Дейр вважає мене дурною малолітньою ідіоткою. Тому що поводжуся саме так! Немов у мене гормони пустують... А може, справді пустують? Треба ж... - Аррі скривилася. - Як зациклило на одному мужику, з голови викинути його не можу! Щоб йому гикалося, і деякі частини тіла не піднімалися, карах... - орчанка знову скривилася.

Учора втекти від дракона їй удалося тільки ближче до обіду, і то тільки тому, що його відволікли й терміново викликали до ректора. А так би...

- Маніяк! - видихнула Аррі й пересмикнула плечима. Її тіло ще дуже добре пам'ятало їхні любовні ігри, і найсмішніше, що вона усвідомлює, що варто їй знову потрапити до загребущих лап лускатого, і вона спалахне як полум'я. - Знала, що дракони божевільні, але не думала, що до такої міри! І здоров'я вистачає... - орчанка потерла груди, які від спогадів про Дейра одразу ж налилися і почали боліти.

Після майже добового любовного марафону її відверто штормило, губи горіли, шкіра була надто чутливою, м'язи нили... Причому ті м'язи, про існування яких вона й не підозрювала, хоча й була викладачкою з фізпідготовки в жіночому крилі ВХАМу. Але ж їй вистачило розуму вимагати в Дейра саме на сьогоднішній вечір перше серйозне тренування.

- Уперта дурепа! - вилаялася Аррі, поминаючи саму себе незлим тихим словом. - От яким місцем думала? Та від нього бігти треба, як... - видихнула вона, розуміючи, що в перспективі хотіла б знову опинитися в обіймах цього карколомного чоловіка, але... - Демони, я до цього не звикла! Чоловік - це проблема, а воно мені потрібно? Але, карах... який... - вона знову видихнула, намагаючись підібрати слова, - який вражаючий гад і як б'ється!

Техніка бою діамантових драконів вражала, ну, принаймні, одного конкретного дракона, який ще й, за сумісництвом, був главою служби безпеки драконового клану. Аррі вважала себе непоганим бійцем, але Дейр зміг їй довести, що це далеко не так. І ось хотілося навчитися цього стилю боротьби, зрозуміти його тонкощі, пізнати таємниці, але... проблема була в тому, що вона вже зараз ледве волочить ноги, а що буде до вечора - велике питання.

Аррі досі не розуміла, який демон смикнув її погодитися на умови діамантового дракона та фактично самостійно підписатися на роль його постійної коханки. Дейр аер Чорний зачарував її розум і її тіло, яке плавилося від кожного його дотику, вибиваючи з легень повітря і з голови здорові думки.

Усе якось навалилося одночасно й одразу. Дівчатка з їхньою дурною бійкою в барі "Веселий Орк" з малолітніми драконами, які потрапили в академію за програмою "обмін досвідом". Так, ці лускаті козли першими полізли до відьом. Вони взагалі цілеспрямовано шукали неприємностей на свій хвіст, але... у них було виправдання у вигляді несформованого енергетичного поля, яке не сформовано повністю, а через це присутні емоційні крайнощі. Кожен знає: не вступай із драконом у відкритий конфлікт, якщо є така можливість - просто тікай! Ні ж... Слово за слово зав'язалася бійка. Лія обсипала драконів порошком, через який у них на головах почали рости роги. Хлопчикам це не сподобалося, і вони, заревівши, видерли у своєї кривдниці жмут волосся. Тора - орчанка з групи підопічних Аррі - стала на захист відьмочок. Почувся тихий хрускіт...

В Аррі ледь серце не зупинилося, коли вона усвідомила, що це може бути не просто хрускіт, а зламана рука молоденької орчаночки! Дівчинка зблідла як крейда, позадкувала, врізавшись у стіну, і почала повільно осідати на підлогу. Больовий шок! Орки практично невразливі, але якщо примудритися завдати їм серйозної травми... у них дуже низький больовий поріг. Добре, що тоді поруч опинилася Алене і фактично зростила кістку. Інакше все могло закінчитися дуже погано.

Потім розбірки в ректора, призначення покарання... Як тоді сказав ректор? "Одвічна дилема: вчинити людяно і правильно або так, як потрібно. Ви вибрали людяно, отже, розгрібати будемо... тепер уже всі разом!"

Ось і доводиться розгрібати. І все б нічого, якби не поява на тлі цих неприємностей ще й нових спроб "улюбленого" татка видати Аррі поспіхом заміж за відповідного, на його думку, кандидата в чоловіки... І ось поява на її шляху чорного дракона стала завершальною краплею неприємностей. Дейр... Ще б зрозуміти, що насправді хоче від неї дракон і як вона примудрилася опинитися в його ліжку, але ж збиралася обходити далекою дорогою...

Про це варто поговорити з Алене, адже в подруги схожа історія з її Сейром. Але водну магічку Аррі зможе побачити тільки в понеділок, а до нього ще потрібно дожити!

Останні кілька тижнів минули бурхливо, вносячи в її життя новизну й адреналін. У перший тиждень із хвостиком, після визначення покарання, поки Алене з'ясовувала стосунки зі своїм Сейром, що звалився на її голову, наче снігова куля, Аррі... Аррі теж була зайнята розбірками з братом і батьком. Її знову хотіли видати заміж, а вона була категорично проти. Причому батько навіть пішов на те, що сам написав листа ректорові ВХАМа і спробував підкупити Ріамара рі Міаса. Треба ж... старий так розщедрився, що запропонував ректорові цілий мішок рубінів тільки за те, щоб Аррі звільнили з ганебною статтею із академії. І їй, бажаєш не бажаєш, а рано чи пізно довелося б повертатися на землі рідного клану. Добре, що Ріамар, некромант до кінчиків волосся і зі своїми великими тарганами в голові, вождя клану "Чорних вепрів" він ввічливо послав відомим маршрутом, але позначку в блокнот зробив, у який спосіб можна впливати на поведінку норовливого викладача з фізпідготовки.

- Козли! - видихнула Аррі, узагальнюючи в цьому слові всіх особин чоловічої статі.

Найприкріше, що цього разу Оггі орі Руру - брат Аррі - став на бік батька. Оггі вважав, що настав час сестричці стати розсудливою і зайнятися суто жіночими справами: народжувати діточок, штопати шкарпетки і варити кашу.

- Гад! - шмигнула носом Аррі, згадуючи брата і їхній з ним скандал. Брата Аррі любила, але...

Оггі не подобалося розбещене життя сестри, хоча сам молодий орк на целібат не страждав. І найогидніше, що братові не розкажеш, що вона не така вже й порочна жінка. Одразу побіжить до татка в пориві відбілити її репутацію! А воно їй потрібно? Вона стільки зусиль доклала, щоб зіпсувати цю репутацію. Один, найперший раз, вона переступила через себе, а потім... Потім вона не бачила сорому в тому, щоб приємно провести час із пристрасним коханцем, якщо він їй справді подобався. Ось тільки тих, хто її чіпляв, було не так вже й багато, та й побоювалася вона часто проводити зустрічі з одним і тим самим чоловіком. Тільки з одним перевертнем-лисом у неї, можна сказати, були тривалі таємні стосунки, що тривали близько півроку. Але коли чоловік почав намагатися тиснути на неї, все відразу ж припинилося. Сенс? Вона не була справжньою парою цього перевертня, та й... Як виявилося, все таємне стає явним. Батько через брата дізнався про постійного коханця дочки і спробував його підкупити. Вождь хотів, щоб лис зачарував його доньку, офіційно з нею одружився і тим самим вибілив репутацію, а потім привіз її в клан "Чорного Вепра" для знайомства з тестем. А ось там... Здав би цей лис жінку в руки татка, оформив розлучення, бо Аррі не була його справжньою парою, і з мішком срібла поїхав би геть. А Аррі вже не відпустили б і більше не купилися б на її "слабку" стать.

Сьогоднішній ранок радував теплом і ясним небом, але на душі було кепсько і неспокійно. Спогади сипалися на Аррі, як із рогу достатку.

- Що ж усе так складно? - простогнала орчанка і долонею розтріпала каштанове густе волосся.

Згадалася мати, мила тендітна жінка. Вона хоч і була чистокровною орчанкою, але більше нагадувала своїм зовнішнім виглядом витончену ельфійку, тільки із зеленуватим відтінком шкіри.

Пам'ять про те, якою похмурою і пригніченою була її мати під час так званого "щасливого сімейного життя", боляче обпекла серце Аррі. Ні, батько її ніколи не бив, але й не цінував, не любив, а ще вважав своєю тінню, річчю... Сіяра ж його любила і віддавала себе до залишку. І що отримала натомість? Мати захворіла, і невчасно викликані цілителі їй не змогли допомогти, а батько надто швидко знайшов заміну дружині, яка пішла в нескінченність. Навіть прощальне багаття не встигло охолонути... Тож шлюб, заміжжя - це точно не для неї. Діти? Життя довге, про це вона подумає в майбутньому, а поки що театр одного актора...

Оскільки батько і брат доводів розуму не чули, Аррі вирішила особисто, таємно і без попередження познайомитися з новоутвореним нареченим. Як то кажуть, досвід подібного спілкування в неї вже був. Вона навела довідки про Такуша Сірого, вивчила його звички і підстерегла під час полювання, але переговорний процес зайшов у глухий кут. Орк виявився далеко не драконом, і все закінчилося парою вибитих іклів і офіційною відмовою від перспективної нареченої.

Тепер можна було спокійно зітхнути хоча б на півроку, до появи нового кандидата в чоловіки, але...

З'явився Дейр. Тут і хочеться, і колеться... Ось Аррі й вляпалася, почавши себе переконувати, що пішла на угоду з драконом винятково через егоїстичні пориви і бажання пізнати новий рівень бойових мистецтв. Але десь у глибині душі орчанка усвідомлювала, що все далеко не так. Вона закохалася в дракона практично з першого погляду, саме тому він її і дратував. Чим дракони кращі за орків? Теж суспільство з патріархальними замашками.

Аррі, оповита м'якими відблисками світанкової атмосфери, прямувала вздовж високої кам'яної стіни в бік студентського гуртожитку. Потрібно було провідати відьмочок і своїх дівчаток, розвідати обстановку, дізнатися про найближчі плани цих поганок і, за можливості, запобігти можливим неприємностям.

Навколо панувала тиша. Лише слабке світло магічних ліхтарів підкреслювало контури архітектурних будівель. Сонні тіні стояли в очікуванні настання ранку, а природа тільки починала прокидатися від свого нічного сну. Почувся шелест трави, тріск гілки і приглушені кроки. Аррі пересмикнула плечима й інстинктивно прошмигнула за стовбур старого, товстого дерева, причаїлася там вчасно... З-за повороту високого будинку на широку дорогу вийшли двоє чоловіків, що куталися в чорні довгі накидки з капюшонами. Вони крадькома ходою попрямували в бік чотириповерхової будівлі, де знаходилася кафедра з тактики.

- А ці, що в таку рань тут загубили? - тихо прошепотіла Аррі, виглянувши з-за дерева і проводжаючи поглядом представників сильної половини їхнього суспільства. Вона змогла впізнати їх за ходою і звичками. - Ну гаразд мій братик, там мізків... все в м'язи перекочувало, а Рашир рам Ваках? Невже Елаа знову чоловіка з кочергою в руках зустріла біля вікна? Чим цього разу завинив бідний тигр? Боги, Елаа... тендітна, витончена дівчинка... одним словом, ельфійка! Але як тигреня часом її боїться... А я думала, вони остаточно помирилися, - хмикнула Аррі і вибралася на дорогу, поправляючи одяг і волосся. Але далеко піти не встигла, нарвавшись на нові неприємності.

Варто було їй дійти до великої арки, як з-за неї виринув ще один представник перевертнів, грубо схопив її за руку, смикнув на себе і впечатав спиною в стіну, фіксуючи її руки над головою.

Аррі, використовуючи свою гнучкість, спробувала вирватися, але перевертень зі спритністю утримував її під своїм контролем. Вона знову з люттю спробувала звільнити свої руки, але марно.

- Так, так, так, так... - хмикнув Томаш, вовк-перевертень, куратор польової практики в багатоликих і орків. - Арране орг Руру власною персоною, у вихідний день на території академії, та ще й так рано. Від чергового коханця тікаєш?

- Тобі-то яке діло, Томаше? - зло гаркнула Аррі, не намагаючись більше вивільнитися. Вона прекрасно усвідомлювала, що Томаш сильніший за неї; вони з ним уже кілька разів вступали у відкритий конфлікт. Аррі скручували як кошеня, щоправда Томашу це давалося вкрай важко. Тут потрібен інший підхід, а краще - обманний маневр... - Слухай, блохастий, краще по-хорошому відпусти! А то можу Ремару розповісти, що ти вранці біля жіночого студентського гуртожитку хвіст треш. Як думаєш, ректор буде радий?

- А ось грубити недобре! - хмикнув перевертень. - Що ж, Аррі, ти у всіх ліжках побувати вже встигла, а моє обходиш стороною? Непорядок! Пожалієш бідного перевертня? Три місяці в полях та без баби, я вмію бути і не грубим, а ласкавим.

- Не в моєму смаку, - хмикнула Аррі і спробувала вдарити його коліном у пах, але він пішов від удару вбік, ще й засміявся.

- Гаряча... Нічого, з тебе не убуде. Може, ще сподобається, і потім із мого ліжка вилазити не будеш. А то студентки це справді не практично, хоч вони й самі зазивають у своє ліжко.

Томаш став нахилятися, щоб поцілувати орчанку, і Аррі сіпнулася, але фактично нічого не встигла зробити. Перевертня буквально відірвали від неї і як маленьке кошеня відкинули вбік. Потім промайнула чорна тінь, і все закрутилося у вирі бійки.

ЗАМІЖ? НІ!

- Карах... - вилаялася Аррі й приречено зітхнула, знову притулившись спиною до стіни.

Вона спостерігала за поєдинком, прикусивши нижню губу. Було трохи незвично; якось уже звикла сама себе захищати, а ось зараз... З Томашем вона б у теорії впоралася, ні, не в чесному поєдинку. Просто підловила б потрібний момент, підхопила важкий камінчик і приголубила б по буйній голівоньці вовка, в якого тестостерон назовні ліз, а потім здала б його цілителям. Дракон не дав це втілити в життя, і це було дико, але напрочуд приємно. Тілом пробігла хвиля тепла, а на губах сама собою з'явилася дурна усмішка.

Точні вивірені рухи... Дейр рухався, немов Бог, різко завдавав ударів, ухилявся, потім контратакував. Удар, удар, ще один удар, блок, підсічка... Дракон уміло провокував Томаша, підштовхуючи його до агресивних атак. Перевертень реагував із примітивною жадібністю, що дозволяло Дейру ефективно контролювати хід сутички. Діамантовий уникав непотрібних ударів, передбачаючи рухи противника, і контратакував у потрібні моменти. Кожен удар, кожен блок і контратака були ретельно обдумані.

Мить, і ось Томаш уже лежить на животі з вивернутою в больовому захопленні назад рукою, а Дейр нависає зверху, впершись своїм коліном у спину перевертня. Вовк шипить і судорожно б'є вільною кінцівкою по землі, визнаючи свою поразку.

- Вибачте, аер, не знав, що це ваша жінка! - винувато і якось жалібно видихнув Томаш, а Аррі ледь не вдавилася обуренням.

- Зникни й іншим передай, щоб тепер були в курсі і не змушували мене нервувати, - жорстко вимовив Дейр і, відпустивши руку Томаша, встав на ноги, спокійно прямуючи до Аррі. Вовк же поспішив випаруватися, немов його тут і не було зовсім.

- Це що зараз було? - обурено запитала Аррі. - Що значить "іншим передай"? Дейре, та ти знущаєшся? Я не хочу, щоб у мене на лобі було написано великими літерами "коханка чорного дракона"!

- Аррі... я ж просив! - гаркнув Дейр і вперся широкими долонями по обидва боки від голови дівчини.

- Що просив? Не зраджувати тебе? Так я й не планувала, принаймні не з цим блохастиком! - обурено промовила Аррі, махнувши рукою в бік, де ще мить тому лежав Томаш. - Він не в моєму смаку...

Дейр шумно видихнув, а потім поцілував її, немов тавруючи, жалячи. Але поцілунок, почавшись із вимогливого тиску, швидко перетворився на чуттєвий, м'який і глибокий.

Аррі схаменулася не відразу: серце стукало як скажене, дихання збилося, а ще... вона обвила шию Дейра руками, а ногами обхопила його за стегна, опинившись у дуже двозначній позі. І якщо врахувати, що це відбувається на території академії... Ріамар по голові не погладить, а ось батько вдома зустріне з розпростертими обіймами. Грошей на винаймання житла їй вистачить тільки на півроку. Ні, звісно, сиднем сидіти не буде і спробує знайти в Кришталевому князівстві іншу роботу. Та ось тільки без захисту ВХАМа можна легко отримати вночі кийком по голові, а прокинутися вже заміжньою жінкою з підкоряючим нашийником на шиї.

- Відпусти, ненормальний, - видихнула Аррі, плавно опускаючи свої стрункі ноги на землю і впираючись руками в широкі груди Дейра.

Дейр теж схаменувся, мотнув головою, проганяючи ману, і знехотя відсторонився від дівчини, задумливо подивившись на Аррі, а потім у бік корпусу, де було виділено цілий поверх під потреби чорних драконів. Звісно, там може знайтися вільний кабінет і не один, а крім драконів на цей поверх ніхто не потрапить...

- Навіть не думай! - сприснула від сміху Аррі й похитала головою. - У мене все тіло ломить і саднить, а ввечері ще тренування. Мені б туди доповзти, а не те щоб повторити вчорашній подвиг. Мінімум тиждень до мене не підходь, ящір стурбований!

ЗАМІЖ? НІ!

- Порушуєш умови договору, - хмикнув Дейр і склав руки на грудях. - А як же тренування дорівнює секс?

- Дейр... - Аррі нервово засміялася й похитала головою. - Ти...

- Гаразд, каяра, - усміхнувся діамантовий дракон. - На тренуванні ми почнемо з малого. Я приблизно оцінив рівень твоїх знань і фізичної підготовки, розумію, з чого можна почати. Але... ніч ти проведеш у мене!

- Дейр, ти маніяк! - Аррі знову засміялася і похитала головою. - Мене хоч і вважають...

- До речі, про це, - задумливо промовив дракон. - Навіщо тобі самій псувати свою репутацію? Ти точно не спиш з усім, що рухається.

- Це вже моя особиста справа, та й потім... дивлячись, що вважати зіпсованою репутацією. Усе відносно...

Дейр нічого не відповів на це. Він мовчки провів Аррі до студентського гуртожитку.

- Набирайся сил, солоденька моя. Ніч буде довгою, - прошепотів Дейр, нахиляючись до її вуха й обпалюючи її своїм диханням.

- Тільки в твоїх мріях, - хитнула головою Аррі. Дракон хмикнув, ніжно доторкнувся до її губ у повітряному поцілунку, а потім пішов у своїх справах. - Ніч у тебе, так ніч у тебе, - орчанка знизала плечима, проводжаючи Дейра задумливим поглядом. - Я чудово висплюся на твоєму величезному, м'якому ліжку. Треба буде в Елаа якусь заспокійливу настоянку попросити або снодійне.

Посміхнувшись, вона, нарешті, відігнала тривожні думки вбік і вирушила до своїх студенток.

Відьми й орчаночки поводилися до нудотності правильно і підступних планів не замислювали. Чим убити день до вечора Аррі не знала. Кілька разів поривалася навідатися в гості до Алене, але била себе по руках. Нехай подруга відпочине, їй теж зараз несолодко. Он як нервує, що навіть драконячі кігті на руках почали з'являтися, а їй у дракона обертатися зараз ой як не можна... Алене теж не пощастило з батьком. Агатовий дракон, який не визнав доньку напівкровкою, але як смаженим запахло, вирішив вирішити свої проблеми за її рахунок.

Загалом, Аррі зайняла себе рутиною: перевірка курсових з теоретичної частини, розробка планів тренувань для другого півріччя, чай, магічний вісник, знову курсові...

А ввечері вона буквально приповзла до смуги перешкод, яку створили діамантові дракони. Це диво архітектурної думки знаходилося біля невеликого лісу, за кілька кілометрів від академії. Дейр її вже там чекав, і вигляд у дракона був занадто підозріло задоволений, що насторожувало.

- Сьогодні наше тренування буде інтенсивним, але, якщо витримаєш, обіцяю, тобі стане легше дихати в бою, - вимовив, ледве стримуючи посмішку, Дейр. А потім, помітивши, як почала нервово смикатися повіка в Аррі, розреготався. - Заспокойся, радість моя. Почнемо з базових ухилень і блоків, але спочатку серія динамічних розтяжок для підготовки м'язів до навантажень, а наприкінці тренування я тобі навіть сам особисто масаж зроблю.

- Чому мені хочеться придушити тебе твоїм же власним хвостом? - видихнула Аррі.

- Може, тому що закохалася в мене? - хмикнув Дейр.

- Дивне бажання для закоханої особи, - іронічно промовила Аррі й мовчки попрямувала до тренувального поля.

Після тренування орчанка піднеслася духом. Тіло немов наповнилося енергією, з'явилася м'якість, пішов тягнучий біль у м'язах, і все б було добре, якби шкідливий ящір не відкрив портал, що палахкотів фіолетовою енергетичною сіткою, і жестом не запропонував Аррі увійти в нього першою...

ГЛАВА 4

- Рома, - голосно вимовила Аррі офіціантові, що проходив повз, і важко опустила голову на дерев'яний стіл, накривши її долонями.

Цієї ночі в них із драконом нічого не було, але Боги... краще б навпаки. Що більше вона пізнавала діамантового, то більше розуміла, що влипла.

Учора Дейр, після тренування, як виявилося, просто запросив її до себе в гості. Відкрив портал і не залишив вибору. А вона, наївна, думала, що дорогою до житлових готельних комплексів зуміє втекти, загубиться поміж галасливих вулиць багатонаселеного міста й отримає в такий спосіб необхідний перепочинок.

Смачна вечеря, невимушена розмова, а потім масаж...

Лускатий гад довів її до стану "на все згодна" і нахабно вклав спати, влаштувавшись поруч.

Дейр здавався їй нереальним, просто занадто ідеальним. Іноді хотілося запитати: "Ти точно дракон?" Красивий, гнучкий, сильний, витривалий, розумний. Дуже різнобічно розвинена особистість, що вміє дотепно жартувати й цікаві магічні аспекти обговорювати. А ще... уважний, турботливий. Аррі подобалося перебувати поруч із ним, грітися в його обіймах, розмовляти ні про що. Тобто, це вже був не просто секс, і ось це орчанку лякало.

В обіймах Дейра Аррі відчула себе захищеною. Її тіло попливло і розслабилося, свідомість відключилася, відправляючи дівчину в глибокий сон.

Вона, нарешті, спокійно виспалася за весь цей рік. Раніше прокидалася від кожного шурхоту, десь на підкірці свідомості завжди чекала на нічних гостей із важким кийком у руках. Чому батько в неї так вчепився? Не тільки заради отримання багатого відкупу від нареченого, а й через те, що дочка своєю непокорою і втечею на територію Кришталевого князівства ґрунтовно псувала його репутацію і тим самим знижувала рейтинг між орськими кланами.

- Красуне, у нас із тобою є незакінчена справа, - почувся поруч нудотно солодкуватий чоловічий голос, і на стіл поставили важку пляшку гном'ячого рому та дерев'яну чашку.

- Зникни, Симон, - прошепотіла Аррі, не піднімаючи голови. - Не до тебе. Ти свій шанс змарнував, коли втік, як останнє щурятко з бару під час бійки моїх орчаночок і дракончиків.

Вона впізнала голос бармена, з яким не так давно фліртувала і навіть домовилася про зустріч. Коханця в неї не було вже понад півроку. Тоді її добряче закрутив хміль, і виникла шалена думка приємно провести ніч. Чоловік їй сподобався, щоправда, суто зовні. Звичайний чоловік, але міцний, кремезний, високий, широкоплечий і симпатичний, а ще він на неї тоді дивився, як кіт на сметану. Це підкупило, але...

- Ну, взагалі-то, билася того дня ти, а не вони, - хмикнув Симон і нахабно сів за її столик. - Вражаюче, але нічим хорошим закінчитися не могло. А навіщо мені зайві проблеми? І так із клієнткою...

- Ти що, безсмертний? - злісно видихнула Аррі й підняла голову, впершись поглядом у небесно-блакитні очі Симона. - Або в тебе є зайві кінцівки?

- Аррі... - усміхнувся бармен, трішки подаючись уперед і облизуючи її хтивим поглядом. - Може, продовжимо...

- Ні, ми закінчимо, не починаючи! - гаркнула Аррі й примружилася. - Сам підеш чи допомогти?

- Ненормальна, - хмикнув Симон, потім мовчки встав і пішов за барну стійку, кидаючи в її бік похмурі погляди.

Аррі нервово видихнула, потім потягнулася до пляшки гном'ячого рому і відкоркувала її, хлюпнувши щедру дозу собі в кухоль. У голові був повний хаос, і з цим потрібно було щось робити, причому терміново. Усього якихось кілька днів перевертали її життя з ніг на голову. Звикати до Дейра вона не хотіла, а цей ящір просочувався під шкіру, у свідомість і міцно осідав там. Вона ставала залежною від дракона, і навіть зараз... одна думка про те, щоб переспати з Симоном, здавалася їй огидною, її аж пересмикнуло.

- Карах... - вилаялася орчанка, поставила на стіл пляшку рому і, підтягнувши кухоль, піднесла його до носа. Хмикнула, пригубила і скривилася. Колись улюблений напій тепер здавався їй прісним і противним на смак. - Та що ж таке-то! І не розслабишся тепер! - обурено прошипіла Аррі й опустила кухоль назад на стіл, відсовуючи його подалі від себе. - Може, справді клин клином вибивають? - хмикнула й обвела задумливим поглядом напівпорожню залу.

Щупленький вогневик, троє перевертнів, що неабияк сп'яніли, орк і повітряник. Одна проблема - ніхто не чіпляв, а ґвалтувати свою психіку Аррі не збиралася. Кинула погляд на барну стійку, побачила, як їй підморгнув Симон, і скривилася. По тілу пройшов мороз, а волоски на шкірі здибилися. Заплющила очі й потерла долонями обличчя, знову згадуючи Дейра, рельєф його м'язів, оксамитовий, глибокий голос... тілом знову пробігла хвиля гострого бажання.

- Та щоб Боги Місяця мені спати не давали! Він що, зачарував мене?! - розчаровано гаркнула Аррі. - Коли цей демонів понеділок настане? Алене... Мені потрібна інформація! - видихнула вона і, розплющивши очі, втупилася у вхідні двері. Одразу вони гулко відчинилися і вдарилися об стіну, а в бар "Веселий Орк" влетів злий, як зграя гарпій, Дейр.

Аррі скривилася і відкинулася на спинку стільця, готуючись до скандалу. Від дракона вона пішла рано вранці, щойно прокинулася, просто тихо втекла. Дейр, як і вона, розм'як і розслабився, міцно притиснув до своїх грудей, а потім відключився. Спав дракон міцно так, що навіть не прокинувся, коли вона дуже повільно вилізла з-під ковдри, згребла речі в оберемок і тихенько спустилася на перший поверх. Уже там Аррі поспіхом одягалася і вислизала з дому дракона.

Потім довго блукала вуличками міста і, нарешті, ноги її привели сюди. Але звідки дракон знав, де її шукати?

- І як це розуміти? - гаркнув Дейр, сідаючи навпроти неї.

- Ти сам заснув, я тут ні до чого... - Аррі розвела руки в сторони. - Ні заспокійливого, ні снодійного я не встигла взяти в Елаа. - У Дейра від заяви Аррі поповзли брови вгору, він примружився, але мовчав, і орчанка занервувала. - Слухай, що ти від мене хочеш? Тебе стало занадто багато в моєму житті. Так, думала, клин клином можна вибити, але... Карах, здається, мене заклинило на тобі. Ти що, приворотним зіллям мене напоїв? Або...

- Аррі, краще мовчи! - трохи зло видихнув Дейр. - Я всього лише хотів дізнатися, якого демона я прокинувся в ліжку один, але ти вже встигла розбовтати дуже багато цікавої інформації!

- А... - Аррі, напевно, вперше в житті почервоніла як рак. Під поглядом бурштинових очей їй стало незатишно, і вона поспішно затулила рота, щоб не ляпнути ще чогось зайвого.

- Отже, клин клином вибивають? - трохи скривившись, вимовив Дейр і осудливо подивився на Аррі. Вона змерзла під його поглядом. - А я дурень, вирішив дати тобі одну ніч відпочити.

- Ну, по-перше, формально, точніше фактично, я тебе не зрадила, - видихнула Аррі. - А по-друге... Дейр, я не зобов'язана перед тобою звітувати!

- Не зобов'язана, - погодився Дейр, чим ввів дівчину в стан шоку. Її очі широко розплющилися від подиву, а потім Аррі моргнула. - Стосунки мають будуватися на взаємній симпатії та довірі, але якщо ти досі сумніваєшся... - дракон одним плавним рухом піднявся з-за столу на ноги і... Аррі й сама не зрозуміла, як опинилася перекинута через тверде чоловіче плече. - Отже, доводитимемо досвідченим шляхом, щоб не сумнівалася, що тобі і мене одного буде забагато. Який клин, золотко?

ЗАМІЖ? НІ!

- Ти з глузду з'їхав? - обурено видихнула Аррі, погойдуючись з боку в бік, поки діамантовий дракон виносив її в такий нестандартний спосіб із бару під тихі, схвальні чоловічі смішки.

- У здоровому глузді, - хмикнув Дейр і вийшов на вулицю.

- У тебе що, шлюбний гон?

- Радість моя, а ти знаєш, що коли в дракона починаються... як ти висловилася, "шлюбні перегони", то це триває щонайменше рік? - розсміявся Дейр і нахабно поклав свою лапищу на її сідниці, погладив їх, а потім легенько ляснув.

- Руку прибери! - гаркнула Аррі.

- Солодка... - багатообіцяюче вимовив Дейр хриплуватим голосом.

- Дейр! Я ж викладач, ти що, через усе місто зібрався нести мене задом догори? Хоча б портал відкрий, ящір шкідливий!

- Відколи тебе хвилюють умовності?

- Карах... Дейр!

Почувся тихий смішок, але дракон продовжував іти вузькою вуличкою. Аррі спалахнула як кресало від такого нахабства, схопившись за тканину штанів чоловіка пальцями, потягнулася нижче і спробувала впитися зубами в підтягнуту і пружну сідницю. Дракон розреготався, завернув у темний провулок, клацнув пальцями і відкрив портал, у який одразу ж ступив.

- Значить, задом догори соромно, а вчепитися зубами в зад дракона - ні? - весело вимовив Дейр, вивантажуючи Аррі на своє ліжко, а потім дуже повільно почав розстібати свою сорочку.

- Що ти робиш? - видихнула Аррі, підводячись на ліктях і заворожено спостерігаючи за драконом.

На підлогу полетіла чорна сорочка, і верхня частина тіла Дейра оголилася. Ідеальний прес, сталеві м'язи, що грають від кожного руху, заворожували і заважали відвести погляд. Чоловік усміхнувся, спіймавши на собі жадібний погляд Аррі, і почав повільно розстібати ремінь. Це було так порочно і збудливо... в Аррі між ніг одразу ж стало спекотно і волого, серце забилося швидше, а груди болісно налилися. Опиратися цьому непереборному тяжінню було складно, але залишки розуму все ще намагалися втриматися на поверхні.

- Буду забивати клин назад, - іронічно хмикнув Дейр, скидаючи штани. Його плоть, що вже пристойно набрякла, заклично хитнулася, звільнившись від одягу, що стримував її.

- Це погана ідея, - хриплуватим від збудження голосом вимовила Аррі і стала швидко відповзати в узголів'я ліжка.

- Це чудова ідея, - хмикнув Дейр, вправно схопивши Аррі за щиколотку і потягнувши її назад до себе. - І до того ж, ти остаточно переконаєшся, що ніхто, крім мене, тобі не потрібен.

Між ними зав'язалася легка боротьба, під час якої чорний обтислий топ і бриджі Аррі швидко скинули, залишивши її абсолютно голою. Гарячі пальці ковзали по її чутливій шкірі, спричиняючи солодкі судоми і переривчасте дихання.

- Яка ж ти солодка і бажана, Аррі, - прошепотів Дейр, перехоплюючи руки дівчини і фіксуючи їх над її головою.

Він упевнено коліном проник між її ніг, змушуючи розкритися, а потім і сам, весь зручно розташувавшись між її ніг, трохи притиснувши своїм тілом до ліжка. Ця легка гра збудила й саму Аррі. Тіло мліло, внизу живота розлилося томління. Коли ніжна, тверда плоть заслизнула по її вологих складочках, зачіпаючи клітор, Аррі ще ширше розставила ноги і хитнула стегнами вперед. По жилах розлився вогонь жадання і бажання, і всього цього вже було мало. Захотілося послати все до демонів і відчути дракона в собі, відчути його жар і пульсацію, знову пізнати чисту пристрасть, кінчити одночасно з ним. Розум уже вкрився пеленою пристрасті.

- Дейр...

- Маленька моя... - прошепотів Дейр, однією долонею перехоплюючи руки Аррі, а іншою ніжно ковзаючи по її щоці. Подушечками пальців він пройшовся по нижній губі, трохи відтягнувши її вниз, а потім накрив широкою долонею груди дівчини, стиснувши їх. Хвиля млості й бажання розлилася тілом Аррі, м'язи живота судомно стиснулися, і вона смикнула стегнами. Збуджена плоть дракона трохи проникла в її лоно, але Дейр тут же відступив. Із грудей Аррі вирвався розчарований стогін.

- Така гаряча і нетерпляча, - прошепотів дракон, накриваючи губи Аррі своїми і мнучи їх у пристрасному, зухвалому і глибокому поцілунку. Але витримка Дейра теж швидко покинула його. Відчувати її пристрасть і бажання, бачити у відблисках світлого бурштину своє відображення... Він випустив руки дівчини на волю і почав цілувати її тіло, вже знаючи всі її чутливі місця.

Дейра охопила гостра пристрасть, яка, здавалося, була одна на двох. Аррі так солодко вигиналася під ним, погладжувала плечі й ребра Дейра, що в нього буквально зносило дах. Хотілося взяти її повністю, без залишку... Думок не залишилося. Незалежно від того, що говорила орчанка, залежність була обопільною. Її шепіт і стогони зводили його з розуму, пристрасть кипіла, немов розпечена лава, і рвалася назовні.

Не розриваючи поцілунку, Дейр ковзнув рукою нижче, накрив долонею лоно дівчини. Аррі затремтіла, а дракон, розгладивши і розкривши вологі пелюстки її жіночності, одним потужним рухом заповнив її лоно своєю плоттю. Закинувши голову, він тихо загарчав від гострих і яскравих відчуттів. Внутрішні м'язи орчанки щільно обхопили його плоть, вирвавши з грудей ще один стогін. Аррі обхопила Дейра руками за плечі й потягнула назад до себе. Вони знову цілувалися, як збожеволілі.

Дейр почав ритмічно рухатися, час від часу змінюючи кут проникнення. Аррі піднімала свої стегна йому назустріч, бажаючи відчути його в собі повністю. Ще глибше, ще швидше... яскравіше, солодше...

Пік найвищої насолоди накрив їх одночасно. Тілом хвиля за хвилею пробігали солодкі судоми. Їх трясло, м'язи пульсували, подовжуючи мить насолоди. Дихання збилося...

Енергії Аррі та Дейра почали зливатися, танцюючи у вихорі, немов невидимі нитки, переплітаючись у складний візерунок. Внутрішня магія Аррі, як теплий потік, лилася крізь міцні вихори драконячої енергії. Дейр не поспішав залишати тіло орчанки. Аррі широко розплющила очі й розсміялася.

- Дейре, ти хоч і сволота луската, але... - Аррі на мить запнулася. - Неймовірний!

- Бачиш, уже неймовірний, - хмикнув Дейр і зробив вісімку стегнами, змусивши Аррі судорожно видихнути. Її соски тут же знову напружилися, і вона, щоб вгамувати легкий дискомфорт, сама накрила їх долонями і погладила. Бурштинові очі ящера блиснули, і в них розлилося жадання. - Ніч довга, моя радість. Хто знає, може, до ранку вже й сволотою перестану бути.

- Дейре, ти...

Договорити Аррі не встигла, бо їй закрили рот чуттєвим, ніжним і солодким поцілунком. Тепер ніхто не хотів поспішати.

Дейр справді не випускав зі своїх обіймів Аррі до самого ранку. Лише коли перші промені сонця почали проникати до спальні, обидва знесиленими впали на ліжко й заснули в обіймах одне одного.

Аррі знову прокинулася першою. Вона лежала на плечі Дейра, поклавши долоню на його груди. Дракон безтурботно спав, його груди мірно здіймалися під її рукою. Внутрішній годинник орчанки підказував, що проспала вона всього годину, але цієї години їй вистачило, щоб отямитися. Прикусивши губу, вона підвелася на одному лікті і стала розглядати сплячого дракона.

Красиві риси суворого обличчя, невеликий шрам над лівою бровою, рельєфні м'язи, широкі плечі. Одним словом - ідеальний. У грудях розлилося тепло. Ось такий спокійний, умиротворений і беззахисний він здавався найріднішою і найдорожчою істотою в цьому світі, і це лякало.

Аррі мотнула головою, проганяючи ману, і акуратно злізла з ліжка. Знайшовши свої речі, вона одягнулася, поглядаючи на чоловіка, але він не прокинувся. Тільки сіпнувся і перевернувся на бік, поклавши широку долоню на простирадло, де до цього моменту лежала дівчина. Захотілося підійти й поцілувати його, але Аррі прогнала дурні думки. Визирнувши у відчинене вікно, вона запримітила товсту ліану, вхопилася за неї, вилізла повністю з вікна і стала поспішно спускатися вниз. Так, вона знову ганебно бігла і навіть збиралася прогуляти сьогоднішнє тренування. Їй потрібен був час, щоб добре подумати і зрозуміти, що робити тепер зі своїм життям. Як довго триватиме ця гра в "кохання" чи все ж таки це просто потреба тіла?

- Це переходить усі межі, сестричко, - знизу пролунав грубуватий голос Оггі. - Мало того, що вдома не ночуєш, так ще й спиш із драконом, а дім його покидаєш через вікно, як злодюжка.

- Та щоб тебе... - вилаялася Аррі, зависнувши десь між першим і другим поверхом. Вона швидко видерлася трохи вище, щоб брат не зміг стягнути її вниз, і, зітхнувши, приречено подивилася в цей самий низ. От що робити, коли не щастить від слова зовсім?

Оггі стояв, розставивши ноги на ширину чималих плечей, і погойдувався з носка на п'яти. Руки орк склав на грудях і пропалював сестру осудливим поглядом.

- Ну і як це розуміти, Арране? - проскрежетав голос брата, а Аррі скривилася. - Нам тільки скандалу з Діамантовим кланом не вистачало, з твоєю прямою участю.

Якщо брат переходив на офіційний тон, справа пахла неприємностями.

- Оггі...

- Радість моя, а куди це ти знову зібралася? - пролунало зверху, і Аррі смикнулася, ледь не звалившись із ліани вниз. Піднявши голову, майже жалібно подивилася нагору, зустрівшись із потемнілими бурштиновими очима дракона.

- Ну просто джекпот, - видихнула Аррі, не розуміючи, що їй тепер робити. Вниз не можна, але назад нагору теж лізти не особливо хотілося. Щось підказувало, що у дракона терпіння не безмежне, і такими темпами можна скоро опинитися на території Діамантового клану, а звідти так просто точно не втекти.

- Спускайся, сестричко, - оманливо ласкаво вимовив Оггі.

- Знайшов ідіотку, - фиркнула Аррі.

- Правильно, - розсміявся Дейр, сівши голим задом на підвіконня, - краще повзи назад до мене, сильно карати не буду. Давай...

- Я схожа на дуру? - прошепотіла Аррі, подивившись на дракона.

- Тобі правду сказати чи поберегти нервову систему? - розсміявся Дейр.

- Аррі, та він голий! - заревів Оггі.

- Оггі, - зітхнула Аррі, подивившись на брата, - ти коли по бабах ходиш, виключно в одязі з ними спиш?

- Це інше! Ти...

- Ти знаєш, що я давно не незаймана! - уже порикуючи, промовила Аррі, прикидаючи в розумі, коли вулиці міста оживуть. І взагалі, не місце для з'ясування...

- Ти їдеш додому!

- Тебе забула запитати!

- Шановний Оггі Орі Руру, моя жінка з вами нікуди не поїде! - досить владно вимовив Дейр і примружився.

- Заявляєш право? - хмикнув орк.

- Заявляю, - кивнув дракон, а Аррі обурено відкрила рота і переводила погляд з одного чоловіка на іншого.

- Батько вимагатиме викуп, - задумливо вимовив Оггі.

- Не проблема, - усміхнувся Дейр.

- Офіційне визнання, якщо не дружиною, то коханкою, - задоволено хмикнув Оґґі.

- Не проблема, - Дейр нахилив голову на бік. - Але ви зі свого боку гарантуєте, що припините свої спроби викрасти й видати заміж Аррі. Якщо цю умову не буде виконано і... свою жінку я заберу в будь-якому разі, але не гарантую, що після цього від земель вашого клану щось залишиться.

- Навіть так? - трохи з подивом вимовив Оґґі, піднімаючи брови.

- Навіть так! - з рикаючими нотками в голосі вимовив Дейр.

- Та ви знущаєтеся! - тут уже заричала Аррі, але ліана під її руками зрадницьки зашипіла й обірвалася, а орчанка полетіла вниз. - Та що б тебе...

Аррі примудрилася приземлитися на землю так, щоб особливо собі нічого не пошкодити, але плече однаково боліло, і вона стала його погладжувати рукою. Потім піднялася на ноги і зміряла обох чоловіків важким поглядом. Якби була магом вогню, напевно, спопелила б.

- Радість моя, не забудь, що ввечері в нас тренування, - усміхнувшись, вимовив Дейр, а потім перевів погляд на орка.

- Обговоримо деталі? - усміхнувся Оґґі.

- Прошу, - дракон поманив його рукою, пропонуючи Оґґі завітати до його будинку, і зник у вікні.

- Та пішли ви обидва! - злісно вимовила Аррі і пошкутильгала в бік "Веселого Орка", цього разу маючи намір точно напитися.

ГЛАВА 5

Аррі прийшла першою до вчительської, розклала крісло, завалилася на нього і поклала на лоб холодний компрес. Голова гуділа так, наче по ній били молоточками сім гномів. Настрій плавно перетікав від "життя прекрасне" до "все пропало". Дейр вперто не йшов із голови, а спогади про Оггі дратували. Учора вона все ж прогуляла тренування і навіть примудрилася напитися, а вранці, як зазвичай, прокинулася в ліжку дракона. Щоправда, самого крилатого там не виявилося. Зате на журнальному столику стояла чашка міцної, гарячої кави. Аррі зробила висновок, що вночі Дейр знайшов її практично несвідоме тіло і забрав до себе додому, але до тями приводити не став.

- Та вже... - простогнала Аррі й, усміхнувшись, похитала головою. - Якби ще зілля від похмілля біля чашки кави поставив, ціни б йому точно не було, але... Права він заявляє...

Відчинилися двері, і в них увійшла Алене. Окинувши орчанку поглядом, водна магічка іронічно підняла одну брову.

- Що за кисло-задоволений вигляд? - хмикнула Алене і пройшла далі, зачиняючи за собою двері. - Вибач, що тоді залишила тебе геть саму в своїй аудиторії, - зітхнувши, дівчина знизала плечима і сіла в сусіднє крісло з Аррі, не розкладаючи його. - Уявляєш, ця зараза знову висмикнула мене до себе під час сну, і прокинулася я знову ж таки в ліжку Сейра.

- Тобто, ти хочеш сказати, що в таких нестандартних переміщеннях винні чорні ящери? - хмикнула Аррі і, зітхнувши, перевернула хустинку іншим боком, поклавши її знову на своє чоло.

- Не зовсім вони, але... - усміхнувшись, промовила Алене. - Складно там усе з безліччю чинників і складових, але якщо дивитися глобально, то все ж таки в корені проблеми лежить саме дракон і ледь не вселенська магія.

ЗАМІЖ? НІ!

- Карах... - вилаялася Аррі й заплющила очі. Ступінь проблем стрімко збільшувався.

- Голова болить? Давай допоможу, - Алене трохи подалася вперед, але Аррі розплющила очі й хитнула заперечно головою.

- Само пройде, - зітхнула орчанка, нарешті усвідомивши, чому Дейр не подбав про зілля. Як то кажуть, нехай відчує всі принади свого вчинку і робить висновки.

- Аррі, що з тобою відбувається? - Алене насупилася і нахилила голову набік. - Ти дивна... Вигляд такий, - замислившись, промовила вона. - Щасливо-розчарований.

- А він такий і є, - трохи нервово розсміялася Аррі і зняла зі свого чола хустку, поклала її на стіл. - Щасливий тому, що тієї ночі кожна з нас мала пригоди, - вона іронічно знизала плечима. - У мене такого шикарного мужика ще ніколи не було. Знала б ти, як уранці потім усе тіло приємно ломило. Та й ранок теж удався... - усміхнулася орчанка. - Так пристрасно й несамовито мене ще не кохали, а я, наївна, думала, що мене здивувати нічим...

- Угу, - піднявши здивовано брови, промовила Алене. - А кислий чому?

- Бо я до такого не звикла! - Аррі аж скривилася. - Ну, я ніби сама приглядала собі кандидатів, з якими не проти була б провести приємно час...

- Не зовсім розумію, - похитала Алене головою. - А зараз що не так було? Якщо він тобі не сподобався... але він же сподобався?

- Знаєш, - зітхнувши, промовила Аррі. - Я завжди уникала проблемних стосунків. Навіть якщо мені подобався кандидат на місце постійного коханця... Ну не потрібні мені проблемні стосунки! Навіщо? - вона подивилася на подругу з дещицею смутку в погляді. - А те, що трапилося... Мені-то все сподобалося в плані ліжка, і йому теж, але...

- Ти можеш по-людськи пояснити, що з тобою сталося? - похмуро промовила Алене, починаючи хвилюватися за подругу.

- Та не звикла я прокидатися там, де не засинала! - хмикнувши, промовила Аррі. - Усе, більше гномій ром не п'ю!

- А-а-а-а... - в Алене навіть щелепа відвисла, бо в голові пролетіло безліч варіантів події, і один був фантастичніший за інший.

- У Дейра в ліжку я прокинулася! - фиркнула Аррі. - Тепер вірю тобі з цими... переміщеннями в просторі! - трохи обурено вимовила орчанка. - Хай недобрі дракони... щоб у них хвости повідвалювалися! Мені-то Дейр чисто зовні дуже навіть сподобався, і коханець він, як виявилося, шикарний, але... якби я була повністю тверезою, то бігла б звідти від гріха подалі! Не можна таких у своє ліжко пускати... Хоча яке своє... - зітхнула Аррі. - Проблемний він! Я розумію, коли провели приємно час одне з одним і жодних проблем... ніхто нікому нічого не винен. Якщо сподобалося, можна навіть домовитися про наступні зустрічі, але...

- Але? - піднявши брови, запитала Алене, починаючи тихо посміюватися.

- Але я була напідпитку, - усміхнувшись, промовила Аррі. - Так, так... розумію, що сама дурна. Дала слабину своїм бажанням, та й ніс йому хотілося втерти. Звикли вважати себе вершителями доль... Альфа-самці, мати його... - невдоволено вилаялася Аррі, згадуючи розмову дракона з її братом. - Не все крутиться навколо них, не одні вони можуть бути ініціаторами вибору і тимчасових стосунків. Загалом, я здуру з ним переспала і не один раз за ніч, та й ранок видався чудовим... і потім... Але... - обурено вимовила Аррі. - Але хтось після цього уявив собі зайвого і вважає, що може диктувати мені свої умови, втручатися в моє особисте життя.

- Н-да... - це все, що Алене змогла вимовити, почувши промову подруги.

- Ось тобі й н-да, - фиркнула Аррі, зручніше вмощуючись у кріслі.

- А ти випадково на собі після ночі з ним ніяких міток не знаходила? - піднявши одну брову, запитала водна магічка.

- Яких до демонів ще міток? - насупилася орчанка.

ЗАМІЖ? НІ!

- Ну не знаю, - знизала Алене плечима. - Вони, напевно, у всіх індивідуальні, тобто різні.

- Він не перевертень, - трохи нервово промовила Аррі, починаючи розуміти, до чого хилить подруга. Орчанку відразу ж накрило усвідомленням можливого ступеня нових проблем. - Він дракон.

- Дракон, - погодилася з нею Алене.

- Ти хочеш сказати? - Аррі аж сіла в кріслі, але в цю мить постукали у двері, і, прочинивши їх, до вчительської заглянув черговий студент корпусу. Обвівши сонним поглядом кімнату, він побачив водну магічку і розплився в задоволеній усмішці.

- Алене Водор-Драгонець, вам просили записку передати, - хлопець протиснувся до приміщення, швидко підійшов до Алене, сунувши їй до рук запечатаний конверт, і стрімко втік, знову залишивши Аррі наодинці з подругою.

- Таємний шанувальник? - усміхнувшись, промовила Аррі, піднімаючи брови. - Дивись, щоб твій дракон не приревнував тебе.

- Про своє думай, - машинально в'їдливо відповіла Алене і, розпечатавши лист, почала його читати.

У міру прочитання її брови піднімалися все вище і вище, а очі розширювалися.

- Алене, що? - насупилася орчанка. - Тепер у тебе такий вигляд, що мої проблеми мені здаються дрібницею.

- Мати просить побачитися, - Алене перевела розгублений погляд на подругу, при цьому почала складати лист.

- Вісімнадцять років не хотіла, а зараз раптом захотіла? - Аррі скривилася. - Не вірю!

- Хіба мало що, - знизала Алене плечима.

Аррі скривилася й незадоволено хитнула головою.

- Тільки не кажи, що ти відповіси їй на лист! - пробуркотіла орчанка.

- Не відповім, - розгублено усміхнулася Алене. - Я з нею зустрінуся.

- У сенсі? - Аррі перевела на подругу здивований погляд. - Тобі не можна залишати Кришталеве князівство!

- А я й не буду, - похитала дівчина головою. - Вона зараз із чоловіком проїздом тут. Поки він зайнятий вирішенням фінансових питань своєї фірми, мати просить про зустріч. Вони зупинилися в готелі "Світло весни". Усього за пару кварталів від нашої академії. Аррі, підміни мене, будь ласка. Проведи зараз свою пару в моїх дівчаток, а я потім твоїх заберу. Нехай заздалегідь познайомляться з предметом, який їм незабаром доведеться вивчати.

- Ти що, з дуба впала? - обурено промовила Аррі. - Який до демонів готель? Вона тебе кинула в семирічному віці!

- Ось я і хочу подивитися на неї і поговорити! - втомлено промовила Алене. - Я хочу зрозуміти, чому...

- Та тому, що стерва вона! - невдоволено фиркнула Аррі. - І це я ще не підібрала правильної лайки!

- Аррі... - Алене осудливо подивилася на подругу.

- Та підміню я тебе, - Аррі приречено скривилася. - Куди тебе подінеш, але мені це все не подобається! Одна нога там, інша тут! І не приведи Боги, ти не з'явишся після цієї пари...

- Ти справжній друг, - Алене встала, сховавши маминого листа в кишеню, підійшла до крісла орчанки і, нахилившись, обійняла її. - Я справді швидко.

- Провалюй, - усміхнулася Аррі, відчіплюючи дівчину від себе. - Тільки давай справді швидше.

- Добре, - сказала Алене, прикусивши губу і прямуючи до дверей, але Аррі поспішно її гукнула.

- А що там із мітками? - Аррі задумливо почухала щоку.

- Взагалі, тобі про це варто поговорити з Дейром, - подивившись на неї, промовила Алене.

ЗАМІЖ? НІ!

- Не варіант, - похитала головою Аррі. - Мені його придушити хочеться. Ми з ним дійшли компромісу: секс в обмін на якісні уроки самооборони в драконячому стилі, але... - Алене насупилася і підняла брови, а Аррі приречено зітхнула. - Та дракону під хвіст ці домовленості! Він вважає, що в нього є на мене права! І спати я повинна тільки з ним!

- А ти...

Після хвилинної затримки, Аррі нервово провела долонею по обличчю, міркуючи, що відповісти подрузі. Ну не розповідати ж їй усе в подробицях, тому обрала відносну правду.

- А я хотіла переконатися, що після цього демонова дракона інші не здаватимуться мені прісними...

- І? - усміхнулася Алене, здається, знаючи відповідь на це запитання.

- Послала до демонів претендента на роль випадкового коханця, не довівши все до логічного завершення. Усе не те... немає іскри й бажання. Тут ніби, як я сама вже всього за кілька днів підсіла на одного конкретного дракона, інші чоловіки не вражають... і він тут як тут із ревнощами й претензіями...

- Аррі, я не впевнена, але ти можеш виявитися його справжньою парою, - знизала плечима Алене.

- Та годі... - видихнула Аррі, відчуваючи, як у неї всередині все стискається, більше слів у неї не знайшлося.

Алене пішла, залишивши Аррі наодинці з цими думками. Аррі зібрала себе до купи і поплелася до відьом в аудиторію водного цілительства. Відьмочок потрібно чимось зайняти, причому терміново, а інакше... однієї догани достатньо з головою.

Штовхнувши двері, Аррі увійшла в аудиторію і одразу ж пригнулася, тому що прямо в неї летіла пляшечка з помаранчевим вмістом. Довелося показати чудеса акробатики, щоб уникнути потрапляння цієї підозрілої рідини на відкриті ділянки шкіри.

- Зовсім острах втратили? - проричалаАррі, спрямовуючи погляд на Таю, Лію, Рамію, Наді й Аланію. Ті одразу ж знітилися й потупили погляд.

- Вибачте, Арране, ми не знали, що це ви, - прошепотіла Наді.

- Так, ми думали, що це хтось із хлопчиків-драконів, вони вже дістали підгляданням, - обурено промовила Тая.

- Вам одного рогатого... - Аррі поперхнулася. - Точніше двох рогатих драконів мало?

- Від цього зілля роги не виростуть, - винувато прошепотіла Рамія.

- А що виросте? - зло проричала Аррі.

- Швидше випаде, - прошепотіла Тая.

- Конкретніше, - приречено промовила Аррі.

- Волосся вилізе, - шмигнувши носом, промовила Наді.

- По всьому тілу, - додала Лія.

Аррі аж закашлялася, уявивши, що було б, якби ця гидота потрапила в неї чи Алене.

- Вашу б енергію та в мирне русло, - обурено промовила Аррі. - Підняли худі дупи й пішли дружно за мною!

- Арране, але в нас зараз пари з водного цілительства, - невпевнено промовила Тая.

- А тепер будуть пари з фізпідготовки! - суворо гаркнула Аррі. - І я вам обіцяю, що підете ви від мене поповзом, ми хоч на добу тоді всім викладацьким колективом зможемо спокійно видихнути.

- Ну, Арране... - жалібно захлипали відьми.

- Якщо зараз мирно не підете зі мною, завтра теж буде фізпідготовка в мене, а потім у вас пари в кураторів діамантових драконів!

Відьми повскакували зі своїх місць і шустренько побігли в бік тренувального комплексу.

Сказано - зроблено... після трьох пар у Аррі відьмочки цілком мирно поповзли в бік студентського жіночого гуртожитку, а орчанка поспішила до вчительської. Аррі нервувала, адже Алене так і не прийшла забрати своїх відьом, а говорила, що впорається швидко.

Влетівши до вчительської, Аррі натрапила на розгублену Елаа.

- Де Алене? - на одному диханні вимовила Аррі.

- Я її ще сьогодні не бачила, - знизала плечима Елаа. - Що сталося?

- Вона пішла на зустріч із матір'ю, говорила, що швидко повернеться...

- До матері? - насупившись, вимовила Елаа. - Тобі не здається це підозрілим, враховуючи, що місяць Багряного Місяця ще не закінчився, а батько Алене вже дуже сильно хотів роздобути свою дочку, щоб замінити на ритуалі свою чистокровну племінницю на напівкровку?

Аррі ахнула, усвідомлюючи масштаби можливої біди. Тепер потрібно було терміново щось робити.

- Карах... - вилаялася Аррі. - Я ж їй казала, не йти! Вісімнадцять років було плювати на доньку, а зараз усім знадобилася!

Аррі розвернулася і швидко попрямувала до дверей.

- Ти куди? - окликнула її Елаа.

- Сейра знайду і попереджу, - обернувшись, промовила Аррі.

- Я з тобою, - ельфійка, піднявши поділ довгої сукні, попрямувала слідом за орчанкою.

- Ось ти де, Елаа, - влетівши у вчительську, зло проричав Рашир рам Ваках, перехоплюючи свою дружину і притискаючи її до стіни.

Тигр грізно навис над ельфійкою, а вона, примружившись, з усієї сили вліпила йому ляпаса.

Аррі не стала чекати, чим закінчаться подружні розбірки перевертня й ельфійки, і стрімко побігла довгим коридором, а потім піднялася на поверх вище. Де шукати Сейра аер Чорного вона знала.

Влетівши в аудиторію, яку надали для потреб драконів, Аррі нависла над Сейром, який сидів за столом і щось задумливо креслив.

Поруч із ним сидів Дейр, нахиливши голову на бік, і розглядав креслення.

При появі Аррі обидва дракони насупилися і подивилися на орчанку.

- Аррі? - здивовано вимовив Дейр. - Щось сталося?

- Алене, здається, викрали, - тихо промовила Аррі й нервово присіла на вільне крісло. Сейр одразу ж потемнів обличчям, стиснув долоні в кулаки до хрускоту в суглобах і впритул подивився на орчанку. - Хлопчина-студент ще вранці передав їй записку від матері, яка нібито просила про зустріч. У готелі... тут недалеко... усього кілька кварталів від академії. Алене попросила її підмінити й обіцяла швидко повернутися, але... Її досі немає!

- Твою матір! - Сейр гаркнув і з усієї сили вдарив кулаком по столу. Той такої потужності не витримав і переламався рівно посередині. Дракон схопився зі стільця. - Відчував же, що не можна її відпускати, а ні, вирішив пограти в довіру... і ж не сказала, до кого насправді йде! І ідіоту зрозуміло, що ця тварюка просто так тут би не з'явилася!

- Сейр... - Дейр теж піднявся на ноги і спробував заспокоїти свого родича і друга. - Ми знайдемо її.

- Так, але діяти потрібно швидко, - додала Аррі. - Ми не знаємо, скільки в нас часу.

Сейр і Дейр обмінялися поглядами і кивнули.

- Як я міг не передбачити, що Раймон може підкупити свою колишню коханку? - нервово видихнув Сейр. - І в такий спосіб спробує викрасти мою дружину? Ідіот...

- Дружину? - здивовано вимовила Аррі. Згадавши слова Алене про мітки та справжні пари, її пересмикнуло.

Ніхто з драконів не поспішав відповідати на запитання Аррі, вона почала підніматися.

ЗАМІЖ? НІ!

- Усього не передбачиш, - вимовив Дейр, підводячись позаду орчанки, і поклав свої широкі долоні на її плечі. Він змусив дівчину знову сісти в крісло. - Наш план дій?

- Відправлю наших драконів прочесати всі готелі. Якщо вдасться, спіймаємо Валенсію... але я думаю, ні її, ні Алене вже немає на території Кришталевого князівства.

- Теж так вважаю, - кивнув Дейр, - але перевірити варто. Далі?

- Аная одягла на онуку артефакт стеження, - Аррі знову сіпнулася, але Дейр її знову притримав на місці. Сейр похитав головою. - Я візьму відстежувальну частину артефакту і вирушу в дорогу.

- Логічно, - кивнув Дейр.

- Дейр, твоя каяра буде зараз тільки заважати, - зауважив Сейр.

- Знаю, - трохи приречено промовив Дейр. - Я вирішу питання й одразу до тебе. Сейр, не варто йти на територію агатових одному!

Сейр кивнув, змахнув рукою, відкрив портал і зник у ньому.

- Портальщики демонові... - вилаялася Аррі, обурено скидаючи руки Дейра зі своїх плечей, і встала. Вона розвернулася до нього. - Що значить буду заважати? У мене подруга зникла!

- Зараз важливо витягнути одне наївне стихійне лихо з неприємностей. Займатися одночасно двома... - Дейр похитав головою.

- Дейр! - Аррі підійшла ближче й ткнула вказівним пальцем у груди дракона. - І що там, до речі, з приводу переміщень у просторі під час сну, міток і справжніх пар? Алене - дружина Сейра?

- Вони справжні, - усміхнувся Дейр.

- Я сподіваюся, на мені немає твоїх міток? - підозріло примружившись, промовила Аррі.

- Сподівайся, радість моя, - тихо розсміявся Дейр і, рвонувши дівчину за руку, розвернув її спиною до себе, акуратно стягнув із плеча тонку бретельку спортивного топа і пройшовся подушечками пальців по лопатці.

- Твою матір! - видихнула Аррі.

- З мамою я тебе згодом познайомлю, - прошепотів Дейр, нахиляючись нижче і ніжно цілуючи дівчину в шию. Дракон притиснув Аррі до себе, поклавши долоні на її груди. Навіть крізь тканину відчувався жар його тіла. Поцілунки повільно перетекли до мочки вуха, і пролунав чуттєвий шепіт. - До речі, з приводу материнства. Ти коли востаннє пила протизаплідний засіб? Викинь цю гидоту, вона тобі більше не потрібна, радість моя, тому що в нас будуть діти. І якщо це залежатиме від мене, то багато і в найближчому майбутньому.

- Зовсім збожеволів? - обурено вимовила Аррі, вивернувшись з його рук, вона розвернулася, похмуро подивившись на дракона. - Я йду разом з вами звільняти Алене, і це не обговорюється!

- Не обговорюється, так не обговорюється, - усміхнувся Дейр і, як пушинку, закинув Аррі собі на плече.

- Постав на землю!

- Як скажеш, кошеня, - хмикнув Дейр, відкрив портал і, зробивши крок, увійшов у нього

- Дейр, Дейр! Я серйозно! - шипіла Аррі, з усієї дурі вона била дракона по спині кулаками. - Куди ти мене тягнеш, ящірка облізла?

- Посидиш поки що в діамантовому замку під наглядом Каррі аер Діамантового, - хмикнув Дейр. - А ми з Сейром врятуємо його каяру, а вже потім... Потім, моя каяра, ми дуже серйозно поговоримо з тобою!

- Якого демона, Дейре! І що значить догляне Каррі аер Діамантовий? Це ж голова вашого клану!

- А ще мій родич і друг, - усміхнувся Дейр.

- Дейр, я взагалі заміж не планувала виходити! - видихнула обурено Аррі.

- Я теж не припускав, що зустріну на землях Кришталевого князівства свою справжню, - знизав плечима Дейр. - І не думав, що вона виявиться проблемною.

ЗАМІЖ? НІ!

- Що ти сказав? - проричала Аррі, але її голос загубився в бурхливій енергетиці просторового порталу.

ГЛАВА 6

Спальня Дейра в діамантовому замку випромінювала строгість і функціональність. Декор був мінімалістичний до межі: ніякої пишності, тільки суха ефективність, що відображає натуру лідера, чиї обов'язки вимагають неухильного контролю та організації. Проте в цьому суворому оточенні був присутній свій, особливий комфорт, який нагадував про те, що навіть серед мінімалізму є місце затишку.

Аррі вже три доби сиділа в ній безвилазно, і її тут усе... загалом, дико дратувало. А ще вона нервувала! Причому нервувала і через Алене, не знаючи, що зараз відбувається з подругою, і через Дейра. Шкідливий дракон притягнув її у свій клан і здав з рук у руки Каррі аер Діамантовому, попросивши його доглянути за орчанкою, а сам одразу ж пішов порталом! І ось де він зараз? Що з ним... що з Алене?

Миритися з долею в'язня... щоправда, першого дня вона була в статусі гостя, а не полонянки, але це дрібниці. Але ось, миритися з цим Аррі не збиралася.

Перша її спроба втечі відбулася того ж дня: вона просто вибила вікно в одній із веж і спробувала спуститися вниз, як скелелаз. Спустилася... а там Каррі аер Діамантовий, підхопив за шкірку і відтягнув назад у спальню до Дейра, щоправда, не замкнув. Друга спроба відбулася ближче до вечора. Аррі стягнула з драконячої лабораторії кілька інгредієнтів під час екскурсії, змішала їх... думала, що тільки двері вилетять, але в підсумку пів стіни знесло. Ось цього тонка психіка глави діамантових драконів уже не витримала. Замкнув у спальні Дейра, ще й захисну в'язь наклав на стіни, підлогу і стелю, а також вікна. Так, щоб напевно не вибралася і не створювала проблем. Їжу доставляли тричі на день маленьким порталом. Тобто над столом відкривався портал, і на ньому з'являвся пакунок з їжею і водою. З голоду не здохнеш, у портал не пролізеш.

ЗАМІЖ? НІ!

- Дракони... - невдоволено промовила Аррі, спрямувавши погляд у стелю.

Аррі лежала на ліжку, розташованому у відокремленому куточку кімнати. Темні простирадла... оксамитові фіранки затінювали вікна, наповнюючи простір напівтемрявою. Легкі відблиски світла магічних світильників танцювали на стінах, створюючи м'яке й таємниче освітлення. На столику біля ліжка красувалася срібна таця з трав'яним чаєм, до якого Аррі ще не доторкнулася, залишаючи її для себе як нагадування про її нинішнє становище.

Дівчина продовжувала вдивлятися у стелю, на якій різними кольорами переливалася енергетична сітка захисного бар'єра, накручуючи при цьому на палець пасмо каштанового волосся. Скрипнули двері, і в кімнату увійшов Дейр. Дракон виглядав втомленим і пом'ятим. Аррі, зло скрипнувши зубами, прийняла напівсидяче положення, підхопила подушку і жбурнула її в бік дракона.

- Я теж радий тебе бачити, радість моя, - хмикнув Дейр, спіймавши подушку в польоті. Дракон повільно підійшов до ліжка, поклав на нього подушку, а сам присів навпочіпки прямо навпроти Аррі й зазирнув у її очі. - Сумувала? - прошепотів діамантовий, поклавши долоню на щиколотку орчанки, плавно провів нею до коліна дівчини, а потім перемістив руку ще вище... на стегно, піднирнувши пальцями під тонку тканину сорочки, і ось уже на цьому місці завмер.

Аррі усміхнулася. На ній зараз сорочка Дейра, зрозумівши, що вийти звідси вона не зможе, а до неї ніхто не зайде... Дівчина вважала за краще ходити в приміщенні не у вузьких бриджах і топі, а обравши з гардероба Дейра одну з його сорочок, використовувала її як халат.

- Я думала, з глузду тут збожеволію! - видихнула Аррі.

- Якби ти не зруйнувала одну зі стін замку, то Керрі тебе б тут не замкнув, - знизав плечима Дейр. - Він надто ревно ставиться до цього замку. Вважай, десять років відновлював після того, як його спробували тут убити під час спроби чергового перевороту.

- А я б, на його місці навпаки, стерла це місце вщент, щоб позбутися таких похмурих спогадів, - Аррі аж пересмикнула плечима, тепер розуміючи, чому так нервував очільник діамантових.

- У кожного свої таргани в голові, - усміхнувся Дейр. - У будь-якому разі, стіни або предмети не винні в жадібності живих істот, а пам'ять... погані спогади можна замінити хорошими. Поговоримо?

- Спочатку розкажи мені, що з Алене, - трохи втомлено промовила Аррі. - Я ж хвилювалася! І через неї, і... - нервово прикусивши губу, все ж зізналася. - І через тебе теж.

- Це радує, - прошепотів Дейр, він піднявши руку погладив Аррі по щоці кісточками пальців. Потім вставши на ноги, почав знімати з себе сорочку, зловив на собі обурений погляд Аррі і посміхнувся. - Не повіриш, просто спати хочу, втомився, як зграя голодних собак. З твоєю подругою все добре. Ми з Сейром встигли вчасно, можна сказати, майже відбулася легким переляком. Батько від неї зрекся, і більше Алене нічого не загрожує...

- Сам зрікся? - не вірячи, запитала Аррі.

- Сейр допоміг агатовому прийняти правильне рішення, - трохи з іронією в голосі вимовив Дейр.

- Алене тут?

- Тут, але тебе до неї не пустять. Та й Сейр найближчим часом перенесе свою каяру в будинок її бабусі. Їй там буде легше адаптуватися і оговтатися, - хитнув головою Дейр, потім зняв штани, залишившись тільки в спідній білизні, і кинув погляд на Аррі. - Ти праворуч чи ліворуч волієш лежати?

- Без різниці, - знизала плечима Аррі.

- Тоді рухайся, - Дейр усміхнувся і заліз на ліжко, зручно розваливщись поруч з Аррі. - Боги, мріяв про це цілу вічність, -

прошепотів дракон, підхопивши її долоню і переплітаючи їхні пальці. - Ми справжня пара, Аррі.

- Це ти зараз стверджуєш чи питаєш? - усміхнувшись запитала Аррі.

- Констатую факт, - чоловік знизав плечима.

- Прозорий натяк, що мене ти не відпустиш? - підняла одну брову орчанка.

Якоюсь мірою добре, що минуло небагато часу. Аррі змогла подумати і була вже готова до діалогу.

- А ти хочеш піти, радість моя? - усміхнувся Дейр і серйозно подивився на дівчину.

Аррі не витримала його погляду і відвела очі, усміхнувшись. От що йому відповісти? Якщо чесно, вона не хотіла залишати Дейра. Усвідомлення того, що для дракона вона не просто коханка, а справжня пара, примирило її з багатьма речами, але... з внутрішніми демонами боротися було болісно та важко.

- Чому, Аррі? Я погано до тебе ставлюся? Може, поганий коханець? Або...

- Просто вирішив усе за мене, - Аррі знову подивилася на нього і цього разу не відводила погляд.

- Ну, якщо вже зовсім відверто, то за нас обох вирішила світобудова, - трохи сумно вимовив Дейр, і це подряпало душу Аррі. - Енергетична прив'язка йде повним ходом. Мене штормить, як жовторотого пташеня, дуже важко себе стримувати і контролювати. Взагалі, прив'язка формується протягом року, але це вже тонкі й багатогранні моменти. Основний пік припаде на цей тиждень. Вибач, але поки що я тебе не відпущу. Двері відчинені, під замком тебе ніхто тримати не збирається, але перш ніж робити дурні спроби втечі, добре подумай. Ми на острові, кораблів тут немає, а ти не портальник.

- А що буде через тиждень? - зітхнувши запитала Аррі.

- Поверну тебе в Кришталеве князівство, - втомлено вимовив Дейр

- И...

- І в спокої не залишу! Ти моя справжня пара, і я не зможу без тебе. Просто дам тобі більше часу звикнути до мене і зміню підхід. Питання з твоїм батьком вирішено, більше він тебе не потурбує, - чесно відповів Дейр.

- І у скільки він мене оцінив?

- Насправді, він по-своєму любить тебе, - задумливо промовив Дейр.

- Скільки?

- Десять мішків золота, - зітхнувши, сказав Дейр.

- Скільки? - трохи нервово вимовила Аррі.

- Я б заплатив і більше, не в цьому суть, - дракон хитнув головою. - Щоб ти не напридумувала дурниць, усвідом, що купував я не тебе, а твій і свій спокій. То чим я тебе не влаштовую, кошеня?

Аррі знизала плечима. Так, власне, він усім її влаштовував. Просто тепер потрібно було самій перебудовуватися, змінювати погляди на життя і малювати нове майбутнє. Майбутнє, в якому в неї є сім'я, діти... Усе це було так дивно і незвично.

- Аррі? - наполегливо запитав дракон.

- Що буде з моєю роботою? - прошепотіла орчанка і подивилася на Дейра. - Відьмочки, орчанки, магічки... Я куратор, а Алене? Вона моя сім'я, та й Оггі я люблю, хоч він... він гад!

- А хіба я прошу тебе від чогось відмовлятися? - усміхнувся Дейр. - Усе це вирішувані проблеми. Я портальник, можу переміститися в будь-яке місце, де побував фізично, і перенести разом із собою іншу людину. Та й... увесь цей і наступний рік, і я, і Сейр будемо... скажімо так, будемо змушені у зв'язку з новими службовими обов'язками жити саме в Кришталевому князівстві.

Аррі здивовано подивилася на Дейра, потім усміхнулася і, посунувшись до нього ближче, підпірнула під його пахву, поклавши голову на його плече. Так, вона нарешті зізналася сама собі: вона закохалася.

Дейр посміхнувся, тепло і ніжно притиснув її до себе, а потім, з легкістю перекинув її на простирадло і притиснув своїм тілом до ліжка. Його дотики були сповнені пристрасті й ніжності, немов він намагався влити в її душу всю свою любов, показати глибину своїх почуттів.

- Ти ж хотів спати, - награно обурено промовила Аррі, ледве стримуючи посмішку.

- Тебе я хочу більше, кошенятко, - прошепотів Дейр, його голос був сповнений ніжності. - Люблю тебе, - прошепотів дракон, перш ніж його губи злилися з її губами в поцілунку, який був одночасно пристрасним і дбайливим. Він цілував її, немов заново відкриваючи для себе смак її губ, занурюючись із головою в кожну мить їхнього єднання.

Пристрасний, чуттєвий поцілунок поступово переростав у щось більше, де з'єднувалися не тільки тіла, а й душі, енергії...

Don't miss out!

Visit the website below and you can sign up to receive emails whenever Olena Shevtsova publishes a new book. There's no charge and no obligation.

https://books2read.com/r/B-A-OCFU-XOFPE

BOOKS 2 READ

Connecting independent readers to independent writers.

Did you love *Заміж? Ні!*? Then you should read *Некромант до планів не входить* by Olena Shevtsova!

Моїм нареченим виявився маг-некромант, а я відьма!Я втекла від нареченого, але чи був це вірний вчинок? Чи все так просто? Чи для кохання немає перешкод?

Also by Olena Shevtsova

Заповедный лес
Сказки Заповедного леса

Standalone
Кощеевна
Ведьма и медведь
Відьма та ведмідь
Все можно изменить Другая реальность
Искорка счастье тебя найдет
Іскорка щастя тебе знайде
Александр. Среди холодных звёзд
Людина синонім зла
Олександр. Серед холодних зірок
Человек синоним зла
Белое с Чёрным идеальное сочетание
Біле озеро
Дракон на виданні
Дракон на выданье
Хранителька та Володар Вітрів
Хранительница и Повелитель Ветров
Некромант в планы не входит
Некромант до планів не входить

Заміж? Ні!
Замуж? Нет!

www.ingramcontent.com/pod-product-compliance
Lightning Source LLC
Chambersburg PA
CBHW031137160726
47987CB00026B/1273